Deseo

La mujer adecuada

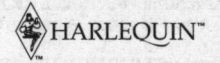

JENNIFER LEWIS

HARLEQUIN

Editado por HARLEQUIN IBÉRICA, S.A.
Núñez de Balboa, 56
28001 Madrid

© 2010 Jennifer Lewis. Todos los derechos reservados.
LA MUJER ADECUADA, N.º 1726 - 9.6.10
Título original: The Desert Prince
Publicada originalmente por Silhouette® Books.

Todos los derechos están reservados incluidos los de reproducción, total o parcial. Esta edición ha sido publicada con permiso de Harlequin Enterprises II BV.
Todos los personajes de este libro son ficticios. Cualquier parecido con alguna persona, viva o muerta, es pura coincidencia.
® Harlequin, Harlequin Deseo y logotipo Harlequin son marcas registradas por Harlequin Books S.A.
® y ™ son marcas registradas por Harlequin Enterprises Limited y sus filiales, utilizadas con licencia. Las marcas que lleven ® están registradas en la Oficina Española de Patentes y Marcas y en otros países.

I.S.B.N.: 978-84-671-7983-5
Depósito legal: B-16590-2010
Editor responsable: Luis Pugni
Preimpresión y fotomecánica: M.T. Color & Diseño, S.L.
C/ Colquide, 6 portal 2 - 3º H. 28230 Las Rozas (Madrid)
Impresión y encuadernación: LITOGRAFÍA ROSÉS, S.A.
C/ Energía, 11. 08850 Gavá (Barcelona)
Fecha impresion para Argentina: 6.12.10
Distribuidor exclusivo para España: LOGISTA
Distribuidor para México: CODIPLYRSA
Distribuidores para Argentina: interior, BERTRAN, S.A.C. Vélez Sársfield, 1950. Cap. Fed./ Buenos Aires y Gran Buenos Aires, VACCARO SÁNCHEZ y Cía, S.A.
Distribuidor para Chile: DISTRIBUIDORA ALFA, S.A.

Capítulo Uno

¿Lo sabría?

Celia Davidson respiró hondo para intentar calmarse. Por el ventanal de las oficinas del hotel se veían las relucientes aguas del mar Arábigo lamiendo la estrecha franja de arena blanca. La playa debía de ser artificial, al igual que los exuberantes jardines y palmerales que rodeaban los lujosos hoteles de la costa. Con dinero se podía conseguir cualquier cosa... Incluso cambiar el pasado.

La puerta que tenía ante ella se abrió y apareció la secretaria con su impecable atuendo y peinado.

–El señor al-Mansur la recibirá ahora –le dijo con una sonrisa cortés.

Celia se sacudió la chaqueta, arrugada por el largo viaje desde Nueva York hasta Omán, y se colocó un mechón de sus rubios cabellos tras la oreja. Era una estupidez. Él no la había hecho venir para retomar su romance... ¿O sí?

En cualquier caso, ella no pensaba darle otra oportunidad para que le rompiese el corazón. Especialmente ahora, cuando había mucho más en juego.

El crujido de unos papeles procedente del despacho casi la echó para atrás, pero se obligó a ser valiente y entrar. Las paredes blancas estaban rematadas por un techo abovedado, y dos grandes ventanales ofrecían una espléndida vista del mar que se extendía a sus pies. Un escritorio antiguo dominaba el centro de la habitación, con su gran superficie reluciente y pulcramente ordenada, tras el cual había un sillón de cuero girado hacia la ventana, ocultando a su ocupante.

La inquietud de Celia aumentó cuando el sillón se giró hacia ella y su mirada se encontró con unos ojos oscuros y penetrantes. Una mata de pelo negro y espeso peinado hacia atrás coronaba un rostro de facciones marcadas y aristocráticas, como aquella boca amplia y arrogante que en aquellos momentos formaba una línea severa.

Por desgracia, seguía siendo tan atractivo como ella lo recordaba de cuatro años antes.

—Celia —se levantó del sillón y avanzó hacia ella.

A Celia se le subió la sangre a la cabeza y tuvo que plantar firmemente los pies en la alfombra para no perder el equilibrio.

—Hola —consiguió decir mientras extendía la mano hacia él. Una descarga eléctrica la recorrió por dentro en cuanto sus dedos desaparecieron en su enorme palma. No debería sorprenderla, pues siempre le había provocado aquella reacción.

El corazón aún le dolía desde la última vez que él la echó de su vida.

¿Por eso estaba allí? Finalmente la había invitado al interior de su santuario, y Celia no había podido rechazar la oportunidad de contemplar los tesoros nunca vistos.

Sus ojos la miraban con una expresión fría y hostil, que contrastaba fuertemente con la intimidad que una vez compartieron.

Celia retiró la mano, pero el hormigueo persistía en su piel. El atractivo de Salim siempre la había intimidado tanto como la había atraído. Su impecable traje a medida se ajustaba perfectamente a la poderosa musculatura que ella recordaba al detalle.

–Gracias por haber venido –le dijo él con una sonrisa, y con un gesto la invitó a tomar asiento–. Como ya sabes, estoy trabajando en un proyecto de recuperación de tierras desérticas, y tengo entendido que estás especializada en ese tipo de obras medioambientales.

Celia parpadeó con asombro. Al parecer iban a pasar por alto que se habían acostado la última vez que se vieron.

«Concéntrate».

–He trabajado en muchos proyectos ambientales, en efecto. Incluido un yacimiento petrolífero en Texas que convertimos en una pradera de pasto corto. Tengo una vasta experiencia en los terrenos desérticos y...

–Sí, ya he leído tu currículum –se dio la vuelta y se alejó unos pasos de ella. Su imponente espalda se estrechaba elegantemente hasta su esbelta cintura. Ni siquiera se había molestado en acudir a la presentación de Celia en la conferencia. Sin duda tenía cosas más importantes que hacer.

Acallada por la brusca interrupción de Salim, recorrió el despacho con la mirada. Las paredes estaban desprovistas de cuadros y los estantes, de adornos. El único objeto decorativo era una daga con vaina de oro que colgaba de la pared, y cuya función debía de ser degollar a los rivales y enemigos de Salim. Celia sabía lo despiadado que podía llegar a ser.

A ella le había clavado una daga en el corazón y se había alejado sin mirar atrás.

En dos ocasiones.

Aunque, en honor a la verdad, sólo podía culparse a sí misma por permitir que ocurriera una segunda vez. La relación que tuvieron en la universidad se había acabado mucho tiempo atrás, pero ella se había acostado con él a la primera oportunidad que se le presentó. Como un lemming corriendo ciegamente hacia el borde de un acantilado.

—El terreno está en el desierto —la profunda voz de Salim la devolvió al presente.

Salim caminó hacia la ventana y su silueta se recortó contra la brillante imagen de la bahía.

—La tribu de mi madre poseía la tierra, que fue explorada y perforada en los años setenta. Al final de la década se había extraído todo el petróleo y desde entonces la tierra ha permanecido estéril y abandonada.

—¿Está contaminada? —era la pregunta que más odiaban los propietarios y terratenientes.

—Seguramente —respondió él, mirándola con ojos fríos e inexpresivos, carentes de toda emoción.

Mejor así, porque Celia ya tenía bastantes emociones por los dos. Un terror glacial la invadía por dentro, provocado por la horrible verdad que pendía entre ellos.

«No puedes contárselo».

Sus amigos pensaban que estaba loca por ir allí, y todos le habían suplicado hasta la saciedad que guardara las distancias y su secreto.

—Voy a tener que llevarte al terreno —dijo él, clavándole una vez más la mirada de sus penetrantes ojos negros.

–Por supuesto –respondió ella, y sacó rápidamente su PDA del bolsillo para intentar no pensar en una excursión al desierto con Salim–. ¿Cuándo quieres salir? Soy una persona muy madrugadora y...

–Ahora –no era una sugerencia. Era una orden. Salim al-Mansur estaba acostumbrado a impartir órdenes y ser obedecido de inmediato.

–¿A estas horas de la tarde? Debe de hacer un calor infernal –observó ella. ¿Ni siquiera iba a darle tiempo a deshacer el equipaje y cambiarse de ropa? Estaba cansada y desorientada por el desfase horario. Había acudido a la cita directamente desde el aeropuerto, sin pasarse siquiera por el hotel para dejar sus cosas.

Aunque se podía decir que ya estaba en el hotel. Salim era el dueño de aquella lujosa franja costera al sur de Omán, y su oficina se encontraba en el mismo complejo hotelero.

Los ojos negros se entornaron y por primera vez apareció un destello de humor en su expresión.

–En el desierto siempre hace calor... Es su naturaleza.

Celia tragó saliva.

–Desde luego... –se obligó a sonreír–. Tienes razón. Lo mejor será encarar la situación de frente.

Nada más decirlo sintió cómo se ponía pálida.

Salim se dirigió en silencio hacia la puerta, y Celia no pudo librarse de una aterradora sospecha.

¿La había hecho venir porque había descubierto la verdad?

Salim avanzaba a grandes zancadas hacia su coche. La necesidad de moverse, adonde fuera, impulsaba sus miembros en un desesperado intento por dejar atrás los pensamientos y sensaciones.

Había confiado, absurdamente, en que los recuerdos lo hubieran engañado. Pero Celia Davidson era aún más hermosa de lo que recordaba. A pesar de su aspecto desaliñado tras el largo vuelo, su piel relucía como la arena del desierto y sus ojos azules brillaban como el Bahr al-Arab, el mar Arábigo, bajo el sol de la tarde.

Despidió al conductor y abrió él mismo la puerta del pasajero para Celia, sin apartar la mirada de ella en ningún momento. El traje beige no lograba ocultar las apetitosas curvas que él había memorizado palmo a palmo entre sus brazos.

Algunos recuerdos eran una maldición para toda la eternidad.

–Abróchate el cinturón –le ordenó. Arrancó el motor y salieron del aparcamiento del hotel, dejando atrás el centelleante oasis artificial para adentrarse en el arenoso y polvoriento mundo exterior.

Celia pertenecía a ese mundo, y a él más le valdría no olvidarlo.

Le llamaba la atención que aún siguiera recogiéndose sus cabellos dorados en una cola de caballo, como en sus años de estudiante universitaria. Nunca había sido una chica que le diera demasiada importancia a la imagen, y aunque a Salim siempre le había gustado aquel rasgo natural y despreocupado, ahora le molestaba que fuera más hermosa que esas otras mujeres que se pasaban el día acicalándose.

–¿Está muy lejos? –preguntó ella. Mantenía la vista fija al frente, tal vez para evitar su mirada.

–Eso depende de lo que estés acostumbrada a

desplazarte... Aquí en Omán casi todo está lejos. ¿Has estado alguna vez en nuestro país?

–No, ésta es la primera vez que vengo.

–Decías que te gustaría conocerlo.

Ella lo miró, sobresaltada. Era evidente que no se esperaba la mención del pasado.

–Y lo decía en serio –le aseguró. La mirada acusatoria de sus ojos azules le recordaba que había esperado mucho más de él de lo que había recibido–. Pero eso fue hace mucho tiempo –añadió, apartando la mirada con visible esfuerzo.

–No estaba seguro de que aceptaras este trabajo –le dijo él con una mirada de reojo–. En realidad, estaba convencido de que lo rechazarías.

–¿Por lo que pasó entre nosotros?

Un momento de debilidad lo había hecho acostarse con ella otra vez, después de pasar tantos años sin verse. Se había quedado perplejo al verla en un congreso, con el mismo aspecto que tenía cuando estaban juntos en la universidad.

Cuando eran jóvenes e inocentes.

Ingenuos y atolondrados.

Celia había permanecido en silencio cuando él le dejó claro que su nueva aventura no tenía ningún futuro. Parecía haberse convertido en una mujer sensata, por lo que no podía esperar que un hombre como él continuara un romance que de ninguna manera podía acabar en matrimonio.

Volvió a mirarla de reojo para apreciar su perfil, tan elegante como siempre.

–Creía que lo rechazarías por la dificultad que supone este proyecto. Cualquier arquitecto paisajista se reiría de mí si se lo propusiera.

Cuatro años antes se habían encontrado en un congreso hotelero celebrado en Nueva York, por lo que él sabía que Celia se dedicaba a la arquitectura paisajística. Aun así, se había llevado una grata sorpresa al consultar el informe que le consiguió su secretaria. Su experiencia y formación la convertían en la persona ideal para el proyecto, y la coincidencia le ofrecía además a Salim una oportunidad para enfrentarse al pasado y dejarlo atrás para siempre.

–Me gusta hacerme cargo de proyectos difíciles –respondió ella. Parecía estar a la defensiva, aunque Salim no sabía por qué–. Y el emplazamiento es un reto nuevo para mí.

–Supongo que viajas mucho.

–Muchísimo. Mi trabajo se concentra en Manhattan y yo vivo en Connecticut, pero casi todos los meses tengo que pasar un par de semanas fuera.

Salim sintió una punzada de curiosidad. ¿O sería de celos?

–¿A tu novio no le importa que viajes tanto?

–No tengo novio –con gesto nervioso se sujetó un mechón de pelo detrás de la oreja.

–Lo siento –dijo él, sintiendo un enorme alivio en el pecho.

–¿Por qué lo sientes? Mi vida es plena y satisfactoria –murmuró, con la mandíbula rígida y la vista al frente.

¿Por qué le había ofrecido sus condolencias? Cuatro años atrás le había dicho que no estaba casada. ¿Tal vez él se sentía culpable por haberle destrozado el corazón e impedir que se enamorara de otros hombres?

No, no podía ser tan importante para ella.

Sin embargo, él no nunca la había olvidado. Y de

hecho la culpaba del fracaso de su primer matrimonio, a pesar de que Celia se encontraba a miles de kilómetros. El tórrido romance que mantuvieron en el congreso tan sólo había servido para enfurecerlo aún más. ¿Cómo podía tomar una esposa y esperar que su matrimonio funcionara si estaba embelesado por otra mujer?

Sacarse a Celia Davidson del corazón y de la cabeza parecía un desafío imposible, pero tenía que hacerlo. El futuro de la dinastía al-Mansur dependía de ello.

Celia se quedó boquiabierta al ver los extensos palmerales que rodeaban las hileras de construcciones de Salalah. ¿De dónde sacarían el agua para regar aquel bosque esmeralda en medio del desierto?

–Salalah es una tierra muy fértil –explicó Salim–. Recibe más agua de lluvia que cualquier otra región del país.

–Debe de resultarte muy útil para ajardinar tus hoteles. ¿Cuántos tienes? –reprimió un suspiro de alivio. Había devuelto la conversación a un tema profesional.

–Doce, según el último recuento –respondió él mientras giraba el coche con una mano. Era un volante grande y forrado de cuero de un vehículo carísimo. Salim al-Mansur podría comprarse un puñado de pequeños países con lo que llevaba en la cartera.

–Te gastarás una fortuna en palmeras...

Los labios de Salim se curvaron ligeramente, pero Celia no supo si era una sonrisa o un mohín.

–Y compraré unas cuantas más, si Dios quiere.

Dejaron atrás la exuberante vegetación y salieron

al paisaje desolado, desnudo y estéril que se extendía ante ellos. Celia no lograba convencer a sus clientes de que ciertas regiones eran secas por naturaleza. Ellos preferían instalar miles de aspersores para transformar una tierra desértica en un paraíso artificial.

De pronto vio algo que le hizo entornar la mirada. ¿Era un espejismo o estaba contemplando una cadena montañosa?

—Las Montañas Nubladas —dijo Salim, quien debía de haber advertido su expresión de asombro.

—Cielos —fue todo lo que pudo decir.

Un banco de nubes flotaba sobre los peñascos, tan verdes y arbolados como si estuvieran en Vermont. Parecía una ilustración de un cuento de hadas.

Celia tragó saliva. Había estado tan obsesionada con su angustia personal por aquel viaje que no se había preocupado en investigar sobre la región. Salim siempre le decía que su país estaba lleno de sorpresas, y hubo un tiempo en el que Celia dio por hecho que las descubrirían juntos. Pero no de aquella manera.

Le parecía muy extraño estar sentada a escasos centímetros de él después de todo lo que habían compartido. Su recia presencia le resultaba demasiado familiar, y su olor, único, cálido y varonil, le evocaba las imágenes del pasado. Habían compartido dos años de sus vidas. Dos años de intimidades, alegrías y pasiones salvajes.

El recuerdo hizo que le ardieran las mejillas. Celia siempre había creído que pasaría el resto de su vida con él, hasta que Salim acabó con sus sueños de la manera más horrible que pudiera imaginarse.

Ascendieron por las frondosas montañas en silencio y volvieron a descender a la planicie desértica que se perdía en la distancia, tan sólo interrumpida por alguna construcción aislada. Mientras avanzaban por el árido paraje, Celia se sorprendió a sí misma esperando que sucediera algo maravilloso, como otro palmeral u otra cordillera surgiendo de la neblina que difuminaba el horizonte.

¿Acaso no estaba allí por eso? ¿Para confiar en algún milagro?

Salim sacó el vehículo de la carretera y enfiló un camino en dirección oeste que se perdía en la nada. Al cabo de unos minutos, aparcó junto a un cobertizo metálico cuyo techo se había derrumbado y bajó en silencio del coche. Le abrió la puerta a Celia y la hizo salir a la tierra arenosa y quemada por el sol.

–¿Es aquí? –preguntó ella, absolutamente confusa e incrédula.

La expresión de Salim se oscureció.

–Hace tiempo fue un lugar muy hermoso.

Costaba creerlo. Junto a ellos había un viejo todoterreno volcado, sin ruedas ni asientos. Por todas partes había montones de extraños objetos apilados y rematados por neumáticos.

–Son bocas de pozos –explicó Salim–. Hay un viejo oleoducto que llega hasta la costa, pero se puede desinstalar, pues ya no queda petróleo por aquí.

Avanzó entre la chatarra y los detritos. Su elegante traje oscuro parecía casi cómico entre tantos escombros.

–¿Piensas construir un hotel en este lugar? –le preguntó Celia mientras trataba de lamerse elegantemente el sudor del labio. ¿Se trataría de alguna broma?

–Por aquí –le indicó él. La tierra se amontonaba

aquí y allá en pequeños montículos. Celia lo siguió a uno de esos montículos y se sorprendió al ver signos de actividad alrededor del mismo. Los montones de tierra indicaban una excavación reciente. Se asomó a un agujero, ancho y poco profundo, y vio una gran piedra labrada cuyos bordes cincelados contrastaban fuertemente con el suelo arenoso.

–¿Sillares? ¿De dónde han salido?

–Hay un complejo de edificios bajo este suelo. Tal vez incluso una ciudad entera –la voz áspera y gruñona de Salim no conseguía ocultar su entusiasmo.

–¿La famosa ciudad perdida del desierto? –preguntó Celia, repentinamente excitada. Levantó la mirada y vio otras excavaciones similares a su alrededor. Los muros emergían del terreno arenoso y su corto alzado trazaba el contorno de lo que antaño fueron edificios y dependencias, rodeados por los desgastados adoquines de las calles.

–Estamos en la antigua Ruta del Incienso. Las caravanas cruzaban la región en dirección al norte, hacia Arabia Saudí, atravesando el desierto de Rub al-Jali, y las ciudades se levantaban alrededor de los oasis donde los mercaderes se detenían para dar de beber a sus camellos.

–Pero aquí no hay agua –observó ella, buscando la huella de algún oasis.

–La hubo hace tiempo –le aseguró él, pisando un terrón de arena con su zapato de piel–. Sigue aquí, enterrada a gran profundidad. Son los restos de un acuífero.

–¿Habrá suficiente para la irrigación?

–Más que suficiente.

Algo en su tono de voz le hizo levantar la mirada.

¿Eran imaginaciones suyas o había un brillo triunfal en los ojos de Salim?

–Hay agua suficiente para el suministro de un hotel y el alojamiento del personal. Las excavaciones se extienden sobre un área de diez mil metros cuadrados. Mi intención es reconstruir algunos de las edificaciones para que los visitantes puedan ver cómo vivía y trabajaba la gente antiguamente.

–Y quizá podrías dejar alguna excavación a medias para que la gente pueda ver cómo descubriste el yacimiento. Es sorprendente ver unos bloques de piedra tan perfectos saliendo de la arena.

Salim la miró con expresión pensativa.

–Sí... Que la gente vea cómo el pasado permaneció oculto durante tantos siglos.

La visión que tenía Salim para aquel paraje desolado hizo que sus rasgos bronceados y sus ojos oscuros volvieran a brillar, confiriéndole un aspecto arrebatadoramente atractivo bajo los ardientes rayos de sol. Se quitó la chaqueta y la arrojó sobre un muro medio enterrado. Celia apartó la mirada de la camisa blanca estirada sobre los anchos músculos de su espalda, pero sus traicioneros ojos lo siguieron mientras avanzaba con paso firme y atlético por el escabroso terreno.

–Ven aquí.

Celia avanzó con dificultad sobre el suelo pedregoso con su único par de zapatos elegantes. De haber sabido que irían al desierto no se habría vestido así, desde luego.

–Aquí fue donde se inició la excavación –dijo Salim, señalando un foso donde habían quedado al descubierto los restos de varios muros–. Contraté a un estudiante para que recogiera información sobre la historia de mi familia. Se quedó fascinado con esta tierra y me dijo que las imágenes tomadas por satélite sugerían el emplazamiento de una antigua encrucijada. Contraté a un equipo de arqueólogos para corroborar su hipótesis y resultó ser cierta.

–Menudo hallazgo... ¿Y estás seguro de que quieres levantar un hotel en medio del yacimiento? Tal vez a los arqueólogos les gustaría examinarlo con más detalle.

Salim frunció el ceño.

–Quiero devolver la vida a este lugar, no preservarlo como un cuerpo momificado para que lo destrocen los buitres.

–Claro –murmuró ella, avergonzada. Nunca había sabido nada de la vida privada de Salim. Su hogar y su familia eran un tema prohibido cuando estaban en la universidad.

Y ahora había descubierto por qué.

–Quiero que la gente venga aquí con interés y entusiasmo. Quiero compartir la historia de mi país y sus gentes con cualquiera que desee visitarlo, no sólo con unos académicos encopetados –sus ojos volvieron a brillar–. Espero que venga gente de otros países... –frunció el ceño y se pasó la mano por el pelo, y Celia apartó la vista de su bíceps contraído cuando volvió a mirarla–. Sin duda sabrás que las reservas de petróleo de Omán son muy limitadas. Dentro de diez o veinte años se habrán agotado. Mi objetivo, personal y profesional, es desarrollar el turismo como fuente de ingresos para el futuro.

Su fervor se elevaba en el aire del desierto como el incienso que una vez debió de impregnarlo. A Celia se le hinchó el corazón, y por un instante fugaz vio al muchacho entusiasta y apasionado del que ella se enamoró en su día.

–La costa de Salalah es espectacular –corroboró–. El mar es de un azul increíble. Y esas montañas... Nunca me habría imaginado algo así en pleno desierto.

–A eso me refiero. Por cualquiera que conozca y sepa apreciar la belleza de mi país hay millones de personas que no saben ni localizarlo en el mapa –sus labios se curvaron en una sonrisa maliciosa–. Pero tengo intención de cambiar eso.

Celia se secó otra gota de sudor del labio. La sonrisa de Salim le provocaba un efecto devastador.

«Es un hombre peligroso. No lo olvides». Ya le había roto el corazón dos veces. Y ahora había otro corazón en juego. Un corazón mucho más precioso que el suyo propio.

–¿Qué clase de hotel tienes en mente? –le preguntó, consiguiendo aparentar una calma y una serenidad que no sentía.

–Edificios de poca altura que se fundan con el entorno, pero que ofrezcan todas las comodidades que un viajero pueda desear. Algunos serán de lujo y otros serán más sencillos y económicos. Todo el mundo será bien recibido.

Extendió los brazos en un gesto abierto y generoso que removió las entrañas de Celia. A ella nunca la había recibido en su vida.

–¿Y para el paisaje qué tienes pensado?

La sonrisa de Salim se ensanchó aún más.

–Nada. Para eso te he hecho venir.

–¿Plantas autóctonas o algo más exuberante y abundantemente regado?

–Cada especie tiene su encanto. Pueden coexistir sin problemas –recorrió las excavaciones con la mirada–. Éste fue un lugar de encuentro de personas, culturas e ideas. Un lugar donde cualquier cosa era posible –clavó la mirada en los ojos de Celia–. Y eso es lo que quiero que hagas.

A Celia le dio un vuelco el estómago. ¿Podría hacerlo? ¿Podría aceptar el encargo y trabajar con Salim al-Mansur después de lo que había pasado entre ellos? ¿Con un secreto tan caliente y volátil como el aire del desierto suspendido entre ambos?

El encargo parecía fascinante. Presenciar cómo unas ruinas olvidadas se transformaban en un bullente complejo turístico y tener la libertad de plantar lo que ella quisiera...

–¿Con qué presupuesto contaríamos?

Salim entornó la mirada. La pregunta era ridícula para cualquiera que lo conociese, pero Celia estaba comportándose como una profesional.

–El proyecto es mío –declaró él, presionándose una mano contra el pecho–. Y voy a llevarlo a cabo cueste lo que cueste.

Celia respiró profundamente mientras las palabras de Salim reverberaban en su cabeza.

¿Costase lo que costase?

Si iban a trabajar juntos, tendría que decírselo.

Qué demonios... Quería decírselo. El secreto la estaba carcomiendo por dentro. No había un solo día en que no sufriera por callárselo.

«Tienes una hija».

Pero no se atrevía a pensar en las consecuencias.

Capítulo Dos

Mientras conducían de regreso a Salalah, Salim tuvo la impresión de que Celia estaba intentando escurrir el bulto. Sobre todo cuando empezó a plantearle sus sugerencias.

–¿Qué te parece si incluimos el petróleo en el proyecto? –le preguntó, mirándolo con un brillo de inteligencia en sus ojos azules–. Al fin y al cabo, también forma parte de esta tierra.

–¿Te refieres a incorporar las bocas de los pozos y los oleoductos?

–Exacto –se cruzó de brazos sobre el pecho–. No me hago cargo de un proyecto a menos que pueda llevar a la práctica mis ideas.

Una artista inflexible, pensó Salim. No se esperaba menos de Celia. ¿Acaso no era parte de su irresistible encanto?

–Por supuesto –le dijo.

Celia se sorprendió por su rápida aceptación.

–No quiero decir que lo conservemos todo, pero creo que la historia industrial de una región puede contribuir a su magia. Hace un par de años diseñé un parque alrededor de una vieja mina de carbón en Inglaterra. Respetamos la bocamina como parte del proyecto, pues fue el germen de la ciudad que creció posteriormente.

Salim asintió mientras deslizaba la mano sobre el volante.

—Me gustan las ideas originales. Casi todos los destinos turísticos son simples copias de la misma fantasía caribeña.

—¿Verdad que sí? A veces no sabes si estás en Florida o Madagascar. Siempre estoy discutiendo con mis clientes y su negativa a usar plantas autóctonas. No les parecen que sean lo bastante... exclusivas. Supongo que lo familiar acaba engendrando el desprecio a lo desconocido.

—A los hombres de negocios hay que concienciarnos.

Celia arqueó una de sus finas cejas rubias.

—A veces no merece la pena. Casi nadie quiere concienciarse de nada. La gente quiere que todo les resulte familiar.

Salim mantuvo la vista en la carretera desierta. Celia quería que fuera uno de esos ejecutivos intransigentes y sin imaginación, y así poder rechazar su proyecto con la conciencia tranquila.

Pero él no estaba dispuesto a permitírselo.

—Te pagaré el triple de tu tarifa habitual.

—¿Cómo dices?

—Es un proyecto muy ambicioso y llevará mucho tiempo.

Celia se mordió el labio. Era evidente que no podía rechazar una oferta tan generosa.

—Tendré que viajar regularmente a Estados Unidos.

—Puedes ir y venir cuando te plazca. Los gastos corren de mi cuenta.

No iba a dejar que se negara. Volver a verla había

reavivado las llamas de aquel deseo que nunca llegó a extinguirse del todo. En esa ocasión no acabaría con ella hasta haberlo sofocado... por completo y para siempre.

Una simple firma bastó para comprometer a Celia. Una reunión con el arquitecto y el contratista fue suficiente para ponerlos a todos de acuerdo, y el proyecto ya se había puesto en marcha cuando Celia volvió a Estados Unidos con el primer cheque en el bolsillo.

Podía ir a ver a Kira siempre que quisiera, y cuando acabara el trabajo tendría tanto dinero que podría comprarse una casa en Weston, junto a sus padres. Podría echar raíces y tener un hogar de verdad para compartir con su hija.

Se había convencido a sí misma de que había sido buena idea aceptar el trabajo... hasta que llegó el almuerzo del domingo en casa de sus padres.

—Pero, mamá, eras tú quien insistía en que Kira debía conocer a su padre —le recordó Celia, en el mismo tono agudo y plañidero que empleaba de joven cuando no le dejaban llevarse el coche.

—Lo sé, querida. Pero, ¿le has hablado de Kira?

Kira estaba durmiendo la siesta en el cuarto de invitados, donde se quedaba cuando Celia estaba de viaje.

—Ya sabes que no.

—¿Por qué no? —quiso saber su madre, mirándola fijamente con unos ojos tan azules como los de Celia.

—No lo sé —suspiró—. No veía el momento de hacerlo. Tendría que habérselo dicho cuando estaba embarazada, pero todo el mundo me quitó la idea de la cabeza.

–Y menos mal que lo hicieron –aseveró su madre–. Te habría dicho que no había futuro para vosotros. Ya sabes que la ley islámica le concede a un padre la custodia total de sus hijos. Podría haberte quitado a Kira y el derecho a verla. Y aún puede hacerlo...

–No creo que hiciera algo así –murmuró Celia con el ceño fruncido.

–Tu instinto te hizo guardar silencio. Si no se lo dijiste, debió de ser por un buen motivo.

–Tu madre tiene razón –intervino su padre mientras pinchaba una col con su tenedor. Siempre le ofrecía apoyo y consuelo, pero en aquella ocasión él también parecía inquieto por la decisión de Celia–. Parecía ser un chico simpático y amable cuando estabais en la universidad, pero eso fue hace mucho tiempo. No sabes de lo que puede ser capaz ahora. Es un hombre muy rico y poderoso.

Celia respondió con un bufido.

–No me asusta su fortuna. Al principio me sentí un poco intimidada, lo admito, pero fui muy clara al exponerle mis ideas para el proyecto y llegamos rápidamente a un acuerdo.

–Salvando el pequeño detalle de su hija –dijo su madre, tomando un sorbo de vino blanco.

Celia se mordió el labio.

–Quiero decírselo.

–Debes tener cuidado. Una vez que se lo digas, no habrá vuelta atrás.

–Lo sé. De verdad que lo sé. Pero Kira es su hija y él tiene derecho a conocerla. No es justo que no sepan nada el uno del otro. Se lo diré cuando sea el momento adecuado.

El miedo le revolvía el estómago, junto al remordimiento que la había acompañado desde que nació Kira.

–No vayas a enamorarte otra vez de él...

–Antes prefiero morir.

Después de comer, subió al dormitorio y se acostó junto a Kira. Las largas pestañas de su hija se batieron ligeramente mientras los sueños infantiles cruzaban sus grandes ojos marrones.

Unos ojos idénticos a los de Salim...

Celia se mordió el nudillo. Había demasiadas cosas en Kira que le recordaban a su padre. Su pelo negro y brillante, su piel suave y aceitunada, el sonido de su risa, su precoz fascinación por los números, el dinero y los negocios... El verano anterior, cuando apenas había cumplido dos años, convenció a su abuela para que la ayudara a preparar una limonada y un bizcocho de limón. Salim, quien empezó a despuntar en los negocios mientras aún estudiaba en la universidad, estaría muy orgulloso de su hija.

Un débil suspiro se escapó de los labios entreabiertos de Kira. Labios exquisitamente definidos y que sólo podía haber heredado de una persona...

No podía privarla de su padre. Sería muy difícil hablarle de ella a Salim, pero sería aún más difícil cuando Kira quisiera encontrarlo, dentro de diez o quince años.

Ambos merecían conocerse.

Cuando Celia regresó a Omán dos semanas después, Salim estaba inaugurando el nuevo hotel en

Bahrein. Cada día esperaba su regreso con nerviosismo, pero pasaron seis semanas sin recibir noticias suyas. Debería sentirse ofendida, pero prefirió tomárselo como un voto de confianza por parte de Salim, quien ni siquiera parecía necesitar un informe de sus trabajos.

El equipo de arqueólogos se afanaba en desenterrar, catalogar y reformar las construcciones y objetos del yacimiento. Celia había reunido también a un equipo de paisajistas y se había convertido en una experta en la flora y la fauna local. De repente llegó la noticia de que Salim volvería dentro de tres días. Los cafés se sirvieron más cargados, las reuniones se alargaron hasta altas horas de la madrugada, los administradores y contables corrían de una oficina a otra, y Celia se sintió invadida por el pánico mientras recorría los viveros para examinar las palmeras y cubiertas vegetales.

Pensaba hablarle de Kira en cuanto se le presentara una oportunidad. No podía trabajar para él y aceptar su dinero si seguía ocultándole algo tan importante. Sus leales empleados habían dejado muy claro que era un hombre de honor. Se pondría muy furioso al enterarse, pero...

–¡Está subiendo! –anunció el administrador, irrumpiendo en la sala de juntas donde Celia estaba organizando unos bocetos–. Me ha pedido que la buscase. Le diré que está aquí.

El sol brillaba con fuerza a través de los ventanales, y el destello del mar parecía adquirir un tono amenazador. Celia se alisó su nuevo traje de raya diplomática y se retocó el peinado.

«Puedes hacerlo».

Iba a ser una situación muy incómoda. Catastrófica, incluso. Pero cuanto más esperase, peor sería.

Salim tenía que saberlo. Ahora. Sin esperar un segundo más.

–Celia.

La profunda voz de Salim resonó en las paredes de escayola y los suelos de mármol. Celia se giró hacia él, sintiendo cómo el aire abandonaba sus pulmones.

Una inesperada sonrisa iluminaba los severos rasgos de Salim, quien caminó hacia ella y la tomó de las manos para besárselas. El roce de sus labios contra su piel la hizo estremecerse.

–Eh... hola –balbuceó–. Estaba organizando los planos.

–Ahmad me ha dicho que tus diseños son muy ingeniosos.

–No más que los suyos –respondió ella con una sonrisa. El arquitecto era más joven que ella, pero con un gran talento y experiencia. Y al parecer, pródigo en halagos. Tendría que darle las gracias.

También tendría que apartar la mirada de los anchos hombros de Salim, ataviado con la vestimenta típica de la Península Arábiga: una *dishdasha* larga y blanca que realzaba la elegancia de su físico.

–Tengo que discutir contigo algunos planos antes de encargar las plantas.

«Y también hay otra cosa que me gustaría decirte».

¿Cómo demonios iba a hacerlo? ¿Cómo podía decírselo?

Aquél era el momento. No podía postergarlo por más tiempo. Apretó los puños, respiró hondo e irguió los hombros.

–Salim, hay algo que... –empezó a decir, pero las palabras murieron en su garganta seca cuando otro hombre entró en la sala. Era casi idéntico a Salim, pero más bajo y fornido, e iba vestido con ropa occidental.

–Celia, te presento a mi hermano, Elan.

Salim observó el rostro de Celia mientras estrechaba la mano de Elan. Parecía estar nerviosa por algo. Según los informes diarios de Ahmad, sus planos y diseños eran extraordinarios; creativos, impecables y perfectamente adaptados al entorno. ¿Por qué, entonces, parecía tan inquieta? Tenía las mejillas coloradas, le temblaban los labios y el pulso le latía frenéticamente en la garganta.

–He oído hablar mucho de ti –le estaba diciendo Elan.

–¿En serio? –la voz de Celia era casi un chillido.

–¿Cómo es posible? –quiso saber Salim. Él nunca le había hablado de su novia americana a su hermano. Ni siquiera vivían en el mismo país, ya que Elan fue enviado a un colegio interno cuando tenía once años.

–Desde luego –afirmó Elan en tono jocoso–. Fuiste lo más destacado de su educación universitaria... Creo que disfrutó mucho más de sus estudios que yo.

–Eso es porque Elan prefiere el trabajo a los estudios –se apresuró a rebatir Salim–. Mi placer fue puramente pedagógico –le lanzó una mirada de advertencia a su hermano, pero los ojos de Elan brillaron de picardía.

–Lo que tú digas...

–Elan dirige una compañía petrolífera en Nevada –explicó Salim–. Se dedica a destrozar el paisaje para que la gente como tú pueda arreglarlo después.

–El mundo depende del petróleo, nos guste o no –se defendió Elan–. Y mi hermano sabe muy bien que la conservación del medio ambiente es una de mis pasiones.

–Eso está muy bien –dijo Celia, sonriéndole.

Salim reprimió una mueca de disgusto. ¿Una de sus pasiones, había dicho? ¿Desde cuándo su hermano hacía gala de un encanto semejante?

–¿Dónde están Sara y los niños?

–En la playa –respondió Elan, enganchando los pulgares en la cintura de los vaqueros. El gesto, típicamente americano, le hizo darse cuenta a Salim de lo poco que conocía a su hermano.

–Quizá deberías ir con ellos –sugirió mientras miraba a Celia. El sol iluminaba sus cabellos dorados, arrancando destellos cobrizos. Quería estar a solas con ella... Para hablar de los planos, naturalmente.

–Creo que deberíamos ir todos con ellos –repuso Elan, extendiendo el brazo. Salim observó con irritación que tenía los músculos de un estibador–. Celia, ven a conocer a mi esposa. Es la primera vez que sale de Estados Unidos y seguro que se alegra de oír un acento familiar.

Elan se había casado con una chica americana, sencilla y sin una gota de sangre azul. Todo lo contrario al tipo de mujer que mandaba la tradición.

Pero Elan no era el hijo mayor y podía casarse con quien le diera la gana.

–Con mucho gusto –dijo Celia–. Me encantaría

ir a la playa –miró nerviosa a Salim–. A no ser que tengas otros planes para mí.

Desde luego que lo tenía. Un plan que implicaba desabrocharle aquel sofisticado traje de raya diplomática y descubrir las suculentas curvas que ocultaba...

Ahogó un gemido y borró la imagen de su cabeza antes de que le hirviera la sangre.

–Ninguno en absoluto.

–Entonces será mejor que vaya a cambiarme –dijo Celia, mirándose el traje.

–Buena idea –dijo Elan con una sonrisa–. Están junto al chiringuito. Nos veremos allí.

A Salim no le gustó nada que se refiriera como «chiringuito» a su elegante cafetería de la playa, pero optó por mantener la boca cerrada. Elan era su invitado y Salim había decidido acabar con el largo distanciamiento entre los miembros que quedaban de su otrora numerosa familia. Tal vez hubiera fracasado en su misión de darle un heredero a su padre, pero al menos podía reunir a sus desperdigados hermanos en su tierra natal. Ellos eran lo único que le quedaba.

–Tú también te vienes con nosotros, Salim –decidió Elan–. Si te pones a trabajar ahora no te veremos hasta la cena.

Salim se puso muy rígido mientras su hermano enganchaba su brazo al suyo. Elan siempre había sido muy afectuoso. Era una de las razones por las que su padre lo envió a un colegio espartano en Inglaterra. Para que endurecieran su carácter y templaran sus modales.

El plan había funcionado, como demostró la circunspección mostrada por Elan en sus sucesivos encuentros. Pero a su padre le acabó saliendo el tiro por la culata, pues Elan se negó en redondo a casarse con la novia que su padre le había elegido y juró no volver a pisar Omán. Una promesa que había mantenido hasta la muerte de su padre.

Parecía que Sara, su mujer, lo había vuelto a ablandar.

Miró de reojo a su hermano. Ambos tenían la misma nariz recta, la misma mandíbula recia y los mismos ojos negros. Incluso llevaban el pelo igual de corto.

Pero los vaqueros y la camisa de Elan contrastaban con el atuendo tradicional de Salim, y esa diferencia recordaba el abismo que se abría entre ambos.

Salim viajaba mucho, pero no podía imaginarse viviendo en el extranjero. Ni casándose con una mujer americana.

Ni siquiera con una tan deseable como Celia.

Capítulo Tres

Celia no podía dejar de reír. Una niña pequeña de ojos brillantes estaba intentando enterrar sus pies en la arena, pero el sol y el chapoteo del agua salada la aturdían y la hacían caer una y otra vez.

Los veleros surcaban las aguas azul zafiro, y tras ella las blancas edificaciones del hotel reflejaban el mágico sol de la tarde.

Salim estaba sentado en la arena, a un metro de ella. Su túnica larga y blanca contrastaba con los trajes de baño del resto. Alabó el castillo de arena que había hecho su sobrino, Ben, y le sonrió con indulgencia a la pequeña Hannah de nueve meses cuando ésta le tiró de la túnica y le derramó arena sobre los pies. Pero a diferencia de Elan, no mostraba la menor inclinación a correr por la orilla con un niño bajo cada brazo.

–He oído que eres una de las mejores arquitectas de paisajes del mundo –le comentó Sara, la esposa de Elan. Era una mujer atlética, extrovertida y casi tan rubia como Celia.

–Oh... yo no diría tanto. Simplemente he tenido la suerte de que me ofrezcan algunos proyectos interesantes.

–Es demasiado modesta –intervino Salim–. Su enfoque y sus ideas innovadoras le han hecho ganarse una reputación excelente. De otro modo no la habría contratado.

–Me sorprende que hayas contratado a una mujer –observó Sara–. Elan me dijo que Omán es un país muy tradicional. No creía que fuera a encontrarme con ninguna mujer ocupando un puesto de responsabilidad.

–No voy a privar a mis negocios del talento que puede ofrecer la mitad de la población –dijo Salim–. Muchos me han criticado por las personas a las que contrato, pero nadie se ha reído jamás de los resultados.

–Me alegro de saberlo –dijo Sara–. Aunque me he dado cuenta de que hasta los hombres que creen en la igualdad de oportunidades pueden ser unos auténticos machistas en su vida privada –le lanzó una mirada maliciosa a su marido–. A Elan le costó bastante asimilar el concepto de mujer independiente.

–¿En serio? –preguntó Celia, sin poder ocultar su fascinación.

–Es cierto –corroboró Elan con aire arrepentido–. Estaba a favor de que las mujeres trabajaran, salvo la mía propia.

–Y eso después de llevar meses trabajando con él. En cuanto me puso el anillo en el dedo pensó que mi lugar estaba en casa, atiborrándome de bombones todo el día.

Elan se encogió de hombros.

–Supongo que tenía grabadas algunas de esas tradiciones anticuadas en mi subconsciente, a pesar de haberlas rechazado hace tiempo. Hizo falta que casi perdiera a Sara para darme cuenta.

–Menos mal que entró en razón, porque lo habría echado terriblemente de menos –dijo Sara con un guiño–. Y no habríamos tenido a Hannah –miró con cariño a la pequeña, sentada en la rodilla de Elan mientras se chupaba un dedo cubierto de arena.

–Los hombres de la familia al-Mansur tenemos nuestros defectos, pero merecemos la pena –dijo Elan, mirando a su hermano.

Celia los miró a uno y a otro, y no pudo evitar preguntarse si aquel comentario estaba dirigido a ella... y si Salim le habría hablado a su hermano de su relación.

Salim frunció el ceño. Era obvio que la conversación le resultaba muy incómoda. Y con razón.

A Celia empezó a costarle respirar. Elan no se imaginaba la bomba que ella estaba a punto de dejar caer sobre su hermano.

–Salim –dijo Elan, espantando una mosca del brazo de su hija–. ¿Te había dicho que Sara y yo vamos a cenar con uno de mis clientes esta noche? Espero que no hayas contado con nosotros para la cena.

–Creía que te querrías comer esa pieza que has pescado esta mañana en el puerto, aprovechando que aún está fresco.

–Oh, sí, me había olvidado del señor Amarillo –miró a Celia con un brillo en los ojos–. Es un atún de aleta amarilla... Tal vez podríais compartirlo.

Celia tragó saliva. ¿Qué se proponía Elan? Miró de reojo a Salim y vio que de nuevo tenía el ceño fruncido.

–Jamás se me ocurriría imponerle nada –se apresuró a declarar, impaciente por aliviar la tensión–. Estoy segura de que Salim tiene mucho trabajo, después de estar ausente tanto tiempo.

–Sí, tengo que visitar las obras esta tarde –murmuró Salim con el rostro inexpresivo–. Podrías acompañarme y ponerme al día con los detalles.

–Desde luego. Me encantaría –respondió ella en el mismo tono frío y profesional.

¿Era una sonrisa triunfal lo que asomó en los rasgos de Elan?

Salim escogió un vehículo con chófer para llevarlos a él y a Celia hasta las obras, y así eliminar cualquier sospecha indecente. Las insinuaciones de su hermano hacían pensar que una relación con Celia era inminente e inevitable.

¿De dónde habría sacado una idea tan absurda?

Nunca le había contado a nadie la aventura secreta que mantuvo con Celia, y la única intención que albergaba hacia ella era sacársela por completo y para siempre de la cabeza y del corazón.

Celia se bajó del coche. Sus vaqueros descoloridos se ceñían provocativamente a sus piernas largas y contorneadas. Salim miró al chófer, pero éste evitó discretamente su mirada.

–Enséñame las obras como si ya estuvieran terminadas –le ordenó a Celia, decidido a no dejarse distraer por la forma de sus pechos grandes y turgentes que se adivinaba bajo la camiseta rosa.

Una mujer adulta debería vestirse con más recato para ir a trabajar...

Lo guió sobre los escombros hasta un área donde los muros de adobe y piedra labrada se elevaban a ras del suelo.

–Ésta será la entrada principal –le explicó extendiendo los brazos, que habían adquirido un ligero bronceado–. El camino estará pavimentado con piedras similares a las que se han desenterrado, y a ambos lados se plantarán plantas autóctonas como el simr, que necesita muy poca agua y que proporciona néctar a las abejas. El emplazamiento original parecía estar fortificado, por lo que el diseño incorpora un muro bajo y una amplia puerta de madera que siempre permanecerá abierta.

–A menos que se produzca un ataque.

Ella lo miró con un gesto de sorpresa en sus deliciosos labios.

–Siempre hay que estar preparados... –se adelantó unos pasos, adaptándose con facilidad al terreno abrupto y escabroso–. Este espacio abierto será la recepción, y la hemos concebido como un mercado al aire libre. Los mostradores estarán dispuestos como puestos y tenderetes, y habrá artesanía tradicional a la venta.

–Un mercado... –repuso Salim, imaginándose la idea de Celia–. Me gusta. También debe haber comida. Café y dátiles.

–Dátiles, plátanos y cocos procedentes de las palmeras que plantaremos por todo el complejo. No son árboles autóctonos, y necesitarán bastante agua, naturalmente. Pero parecerán que han crecido de forma natural.

–¿Y el acuífero?

–Por aquí –la sonrisa misteriosa de Celia lo intrigó, y aceleró el paso para seguir sus entusiastas zancadas.

Celia se detuvo ante un brocal de piedra que había sido desenterrado parcialmente.

–El viejo pozo. Mira adentro.

Salim se inclinó sobre el antepecho y aspiró el inconfundible e indescriptible olor del agua fresca y pura, que relucía en las oscuras profundidades del pozo.

–Precioso.

–¿Verdad que sí? –los ojos de Celia brillaban de excitación–. Me imagino a la gente sentada alrededor de este pozo hace mil años.

–Seguramente se sentaban alrededor de este pozo hace tres mil años. O incluso diez mil años.

–Eran tus antepasados... –dijo ella, mirando el interior del pozo.

A Salim no le gustó oírlo. Eran los antepasados a los que él había fallado por no proporcionar un heredero. Pero en cuanto se sacara a Celia de la cabeza se encargaría de buscar esposa y tener la descendencia que se esperaba de él.

–Quizá sigan aquí, rodeándonos con su invisible presencia –murmuró Celia.

–¿Fantasmas?

–Algo así. ¿No sientes la energía en el aire? –levantó los hombros como si un estremecimiento le hubiera recorrido la columna, lo que hizo que su camiseta rosa se estirara sobre sus redondeados pechos. La mirada de Salim se posó involuntariamente en los pezones que se adivinaban bajo la tela y una imagen de Celia desnuda en su cama, con los ojos medio cerrados y sonriente, lo asaltó a traición.

–¿Y los alojamientos? –preguntó, reprimiéndose a sí mismo por sus fantasías. ¿Qué pensarían sus antepasados de una mente tan lujuriosa?

–Por aquí –siguió caminando con aquella seguridad y decisión que había demostrado desde sus años de estudiante–. Han respetado el antiguo trazado de las calles y han retirado todos los objetos para ser examinados. Como puedes ver, hemos empezado a reconstruir usando los restos de los cimientos donde ha sido posible. Es muy emocionante ver cómo la ciudad perdida vuelve a alzarse en las arenas del desierto.

Salim asintió. Tal vez aquello explicara el extraño hormigueo que le recorría la piel. Una civilización había florecido en aquel lugar, había sido engullida por el tiempo, y ahora, siglos después, volvía a recuperar su antiguo esplendor.

–He elegido plantas que fueron autóctonas en su tiempo o que quizá las trajeron los comerciantes. En ningún caso, nada procede de América.

–Salvo tú misma.

–Con suerte no seré un elemento permanente –dijo ella, sin mirarlo a los ojos.

–Serías un complemento extraordinario, si decidieras instalarte –las palabras le salieron sin pensar. Ambos sabían que no lo decía en serio.

–No creo que encajara con la decoración –murmuró ella, visiblemente rígida.

–Un oasis en mitad del desierto atraería a viajeros y comerciantes de todas las partes del mundo. Puede que hasta princesas altas y rubias de alguna tierra lejana.

–Dudo que alguien me tomara por una princesa.

–Si no recuerdo mal, puedes ser muy testaruda cuando quieres –a Salim le había encantado aquel carácter exigente y obstinado con el que Celia pretendía hacer las cosas siempre a su manera.

–Oh, y lo sigo siendo –le aseguró ella con una

sonrisa–. De lo contrario no podría hacer mi trabajo ni supervisar a un equipo de cincuenta personas. Por cierto, estoy impresionada con el personal. Son trabajadores de India, África, Arabia Saudí... Todos con gran habilidad y talento. Tienes razón al decir que este lugar atrae a gente de todo el mundo.

–La gente va donde hay trabajo –repuso él.

Como ella. Salim había hecho que le fuera imposible rechazar aquel trabajo. No porque no pudiera tolerar un rechazo, sino porque realmente era la mejor persona para el puesto.

Y porque los dos tenían asuntos pendientes...

–Cada huésped se alojará en una casa independiente –siguió explicando ella–. Estarán construidas al estilo tradicional y dispondrán de un patio con una fuente de agua reciclable.

–Perfecto.

–Tengo que admitir que estoy un poco nerviosa por lo rápido que estamos trabajando –se apartó un mechón de pelo de la cara–. Ya sé que los arqueólogos han terminado de excavar, pero podría haber más ruinas ahí abajo.

–Que se queden como están. En este oasis debió de erigirse más de una civilización, y cada una se iba superponiendo a la anterior. Mi intención es continuar la tradición, no estancarla.

–Es estupendo que quieras devolver el oasis a la vida –lo secundó ella con una sonrisa–. Como puedes ver, estamos empleando muchos de los materiales originales –hizo un gesto con los dedos para que lo siguiera–. La piscina está por aquí.

Salim permaneció un momento mirándola, antes de seguirla. Su paso firme y elegante revelaba la fuerza que contenía aquel cuerpo esbelto y voluptuoso. Salim conocía muy bien la pasión que podía ofrecer, pero en su día no la apreció debidamente. Tal vez había dado por hecho que todas las mujeres eran iguales en la cama.

–Una piscina moderna habría desentonado en el conjunto, así que nos hemos devanado los sesos buscando la mejor alternativa. Lo mejor sería una piscina redonda, pero rodeada de hierba y arena como si fuera un lago natural –caminó animadamente por la orilla imaginaria–. Por un lado tendría la entrada en rampa para que los niños pequeños puedan bañarse a poca profundidad, y en el otro extremo habría una cascada para que el agua estuviera en constante flujo y filtrado.

El sol poniente hacía relucir las piedras y la arena como ascuas candentes. Los trabajadores habían acabado la jornada y el oasis parecía suspendido en el tiempo. Celia estaba de pie en la orilla de su lago imaginario, con sus rubios cabellos brillando como oro bruñido. A Salim no le gustaba verla tan compuesta y profesional mientras él sentía una oleada de emoción interna. La había llevado hasta allí para recordarse a sí mismo que era una mujer normal y corriente, no la diosa de sus fantasías febriles. Pero, desafortunadamente, la compañía de Celia había desenterrado unos recuerdos que Salim se empeñaba en olvidar.

–Debemos irnos antes de que anochezca –dijo, en un tono tan brusco y arisco que pareció arrancar a Celia de su ensoñación–. Vas a cenar conmigo.

***

Celia se miró al espejo e intentó reconocerse en la imagen. De no ser por las pecas junto a la nariz no estaría tan segura de que fuera ella. Sobre todo por los tirabuzones dorados que caían sobre el cuello, estilosamente arreglados por una peluquera del hotel.

Su camiseta había sido reemplazada por una túnica de seda azul y verde esmeralda, con bordados dorados en el cuello y las mangas. Debajo llevaba unos pantalones a juego, y los gruesos brazaletes de las muñecas parecían ser de oro puro.

Se veía ridícula con aquel atuendo omaní, pero no había querido parecer descortés. Al parecer, Salim y ella iban a cenar el atún de aleta amarilla en el comedor más exclusivo del hotel, ante las curiosas miradas de los huéspedes más ricos y refinados.

Genial. Y ella aún no le había hablado a Salim de Kira...

El teléfono de la mesilla le hizo dar un respingo.

–Voy de camino a tu habitación –le dijo Salim.

–Muy bien –murmuró ella, intentando disimular su inquietud–. Ya estoy lista.

Colgó y dibujó su mejor sonrisa forzada en el rostro. Tal vez aquella noche le ofreciera la oportunidad para decírselo. Kira era el centro de su mundo. Celia hablaba con ella por teléfono todos los días, sobre todo ahora que Kira le había preguntado dónde estaba su «papá». La pequeña se había percatado de que los demás niños de la guardería tenían padres, pero ella no.

La puerta se abrió y Salim apareció en el umbral, recortado contra la luz del pasillo. Una expresión intensa cubrió sus rasgos mientras la miraba.

–¿De dónde has sacado esa ropa?

–Aliyah me las trajo de la tienda de regalos. Dijo que tú...

–Le dije que te buscara cualquier cosa que necesitaras, no que te vistiera como una omaní –ni siquiera él iba vestido a la moda del país, pues se había puesto unos pantalones oscuros y una camisa blanca con el cuello abierto.

Celia se echó a reír a pesar de sus nervios.

–¿No te parece gracioso? Yo parezco omaní y tú pareces americano.

La mirada de Salim la recorrió de arriba abajo, caldeándole la piel bajo el sofisticado atuendo. Su ceño fruncido no dejaba lugar a dudas sobre la opinión que aquella ropa le merecía.

–Si crees que debo cambiarme, buscaré algo en mi armario y...

–No. Así estás bien. Vamos a cenar.

Dudó un momento en la puerta, antes de ofrecerle el brazo, y a Celia le dio un vuelco el estómago al tocar sus músculos de acero. Estaba muy rígido, como si se preparara para algo.

–Estoy muy complacido con tu trabajo –murmuró él.

–Yo lo estoy con el equipo. Son todos formidables. Basta con decirles lo que quiero y lo llevan a cabo como por arte de magia.

–Tienen mucha experiencia. He construido un buen número de hoteles.

Celia intentó mantenerse a su paso mientras recorrían el pasillo de mármol y hornacinas iluminadas.

–¿Tienes alguno favorito, o cada nuevo hotel que inauguras es el mejor?

Salim frunció el ceño y su zancada vaciló ligeramente.

–Los hoteles son como hijos para mí. A cada uno lo valoro por sus características especiales.

Celia estuvo a punto de tropezarse con sus propios pies. «Hijos...»

–¿Qué ocurre?

–No estoy acostumbrada a llevar un vestido tan largo –balbuceó–. Casi siempre voy en vaqueros.

–Tu aspecto es muy diferente –observó él, recorriéndole el rostro y el cuerpo con su mirada.

Celia tragó saliva al sentir el calor que le provocaban sus ojos.

–Supongo que cualquier cambio en mi aspecto resulta favorecedor –intentó caminar con elegancia mientras la tela azul crujía alrededor de sus pantorrillas.

–Eso depende de quién te mire.

Un intenso calor restalló entre ellos. A Celia se le puso la piel de gallina y sintió cómo se ponía colorada, como una colegiala en su primera cita.

Pero aquello no era una cita, se recordó a sí misma.

El vestíbulo principal estaba rodeado por las arquerías blancas características de la arquitectura omaní, y los suelos de azulejos relucían bajo las silenciosas pisadas del personal. Celia sentía un hormigueo en el brazo entrelazado con el de Salim mientras él la conducía al restaurante. Su mano descansaba en su muñeca, salpicada de vello negro y fino. La mano de Salim era grande y fuerte, más de lo que ella recordaba. Celia esperó que Salim retirase el brazo cuando entraron en el restaurante, pero él la mantuvo firmemente sujeta mientras le hacia una señal con la cabeza al maître.

Sin duda se comportaba de igual manera con todas sus socias. Sólo estaba siendo amable y cortés, nada más.

Salim le retiró la silla y ella se sentó con toda la elegancia posible. Todas las miradas del restaurante se concentraban en ella, y confió en que no se debiera a su ridículo atuendo. Al menos Aliyah no le había sugerido que se pusiera un tocado tradicional.

—Estás preciosa —le dijo Salim, volviendo a fruncir el ceño.

Su inesperado cumplido la dejó sin habla. Por su expresión parecía estar furioso con ella por tener buen aspecto.

—Gracias... —agarró el vaso de agua y tomó un sorbo—. Tú tampoco estás mal.

No sabría decir si Salim estaba más atractivo con ropa occidental o con la *dishdasha* tradicional. En realidad, no importaba cuál fuera su atuendo. Sus fuertes rasgos y su porte aristocrático le conferían un aura majestuosa y solemne. Ya no era el muchacho del que ella se enamoró años atrás, aunque de vez en cuando le parecía advertir un brillo de picardía en su mirada severa.

Tampoco ella era la misma persona. Algo había muerto en su interior el día que Salim le anunció que iba a casarse con otra mujer y que su romance había terminado.

—¿Cómo es que nunca has vuelto a casarte? —la pregunta surgió de sus labios involuntariamente. Se reprendió a sí misma y esperó el inevitable ceño fruncido de Salim.

Pero él se limitó a levantar el vaso y sostenerlo en el aire a la luz de las velas.

−Nunca conocí a nadie... −empezó.

−¿Tan maravillosa como yo? −bromeó ella, convencida de que respondería con una carcajada.

Pero entonces sí que frunció el ceño.

−Entre tú y yo hubo algo.

A Celia se le contrajo el estómago.

−Eso creía yo... en su día −su voz había adquirido una extraña serenidad.

−El matrimonio no figuraba en mis planes −dijo él. Dejó el vaso en la mesa y entrelazó los dedos−. Mi padre me lo comunicó sin previo aviso.

−Podrías haberte negado.

−No, no podía −una vez más sus ojos volvieron a brillar con aquella expresión extraña−. Era el hijo mayor, el heredero de mi padre.

−Y por esto tenías que hacer lo que te dijera, sin importar lo que tú quisieras −fue el turno de Celia de fruncir el ceño−. Tal vez tu matrimonio estaba condenado desde el principio, por el modo tan brusco en que se te obligó a aceptarlo.

−¿Sin haber superado lo nuestro, quieres decir? −le preguntó, sin que se apagara el brillo de su mirada.

Celia se sacudió mentalmente. Nunca había visto a un hombre superar tan fácilmente una relación sentimental como cuando le dijo que nunca más volverían a verse.

−Sólo estoy divagando −murmuró−. En cualquier caso, no debió de sorprenderte la decisión de tu padre. Siempre supiste que te elegiría una esposa.

−Tienes razón −admitió él en tono cortante,

como si sus propios pensamientos lo hubieran pillado por sorpresa–. No superé lo nuestro. Tuve que cortar nuestra... relación... –la palabra parecía pegada en su garganta–. Igual que se arranca de cuajo el tallo de una planta. No podía ser el marido que mi esposa necesitaba –se inclinó hacia delante y le clavó una mirada tan intensa y penetrante que Celia se quedó sin aliento–. Porque no podía olvidarte.

Capítulo Cuatro

Celia a punto estuvo de caerse de la silla. Y así hubiera sido de no ser porque todo el cuerpo se le había quedado de piedra, al igual que su cerebro.

–Viéndolo en perspectiva –siguió Salim, recostándose en su silla–, ahora puedo decir que no podía amar a mi esposa. Tal vez con el tiempo hubiéramos podido hacer que funcionara, como hacen muchas parejas, pero ella no soportaba que yo no fuese un romántico –respiró profundamente, hinchando el pecho bajo la camisa–. ¿Cómo podía serlo si mi corazón pertenecía a otra mujer?

Dos platos de atún a la parrilla se materializaron ante ellos. Celia parpadeó unas cuantas veces, mirando el suyo.

–Vamos, come –la apremió él–. Lo hecho hecho está, y no podemos hacer nada al respecto.

Celina consiguió agarrar su cuchillo y su tenedor y cortar un pedazo de pescado mientras intentaba llevar la sorprendente revelación a una conversación normal.

–¿Ese tipo de relaciones sucede mucho por aquí? Ya sabes... una relación sentimental entre dos personas que no pueden casarse y que luego tienen que casarse con otra persona.

–Por supuesto –respondió Salim–. Pero normalmente se limita a un coqueteo inofensivo en una cafetería o en la sección de poesía de una librería. Nada que ver con la relación pasional y emocional que mantuvimos nosotros. Eso aquí no es posible.

–¿Y crees que así es mejor? –preguntó ella con la vista fija en el plato.

–Para mí lo habría sido, desde luego. De esa manera tal vez habría sido un hombre felizmente casado y padre de cuatro hijos.

–Todavía puedes volver a casarte –murmuró ella, intentando adoptar un aire despreocupado.

–Ésa es mi intención.

Celia abrió los ojos como platos, pero Salim se limitó a tomar un bocado de pescado.

¿Por qué la había invitado a cenar y por qué había sacado el tema del pasado? ¿Qué quería de ella?

–Estoy obligado a mantener el nombre de mi familia –dijo él, levantando su vaso–. Y para eso no tengo más remedio que volver a casarme.

–¿Serías capaz de casarte sólo para tener un hijo? –cada vez le costaba más trabajo mantener un tono de voz tranquilo y natural.

Él asintió, impertérrito.

«Ya tienes una hija». Si había un momento ideal para decírselo, era aquél. Miró discretamente a su alrededor. Varios comensales podrían oírlo, y el personal de Salim andaba de un lado para otro. No podía soltar una bomba semejante en aquel lugar. La reacción de Salim podía ser imprevisible.

–Llámame anticuado –dijo él–. Pero el fracaso de mi matrimonio es mi único gran pesar. Me he pasado la vida levantando un imperio hotelero, pero si me muriera mañana no habría nadie a quien cedérselo.

–No veo ningún motivo de preocupación –repuso ella, concentrándose en la comida para no mostrar el pánico que la invadía–. Tienes una larga vida por delante, y acabarás teniendo a tu heredero.

¿Podría reconocer como heredera a una niña ilegítima y norteamericana? No era muy probable, pensó con el ceño fruncido.

–Siempre tuviste confianza en mí. Lástima que no estuviera a la altura de las expectativas... –su mirada, suave y arrepentida, le provocó un estremecimiento a Celia.

–Qué tontería. Eres uno de los hombres con más éxito del planeta.

–Yo no diría tanto. No comprendo tan bien como mis hermanos la cultura occidental, puesto que me crié en casa mientras ellos estudiaban en el extranjero. Por eso no me sentía cómodo en compañía de desconocidos –apoyó los codos en la mesa y la miró fijamente–. Salvo contigo.

La insinuación que se adivinaba en su voz acució a Celia a buscar un modo de aliviar la tensión.

–Me alegra haberte sido de ayuda para mejorar tu sociabilidad. No podía ser de otra manera... Nos pasábamos hablando casi toda la noche.

–Teníamos mucho de qué hablar –recordó él, con un tono aún más insinuante.

–Es verdad. Nunca había conocido a nadie que se leyera el *New York Times* de principio a fin. Eso daba mucho tema de conversación, desde luego.

–Y tú me enseñaste que la vida era mucho más de lo que se leía en los periódicos –una sonrisa iluminó sus ojos–. ¿Te acuerdas de aquella vez que me llevaste al circo?

–¿Cómo podía olvidarlo? –replicó ella, riendo–. Dijiste que los camellos te recordaban a tu país.

–Y así era –afirmó él, entornando la mirada–. Pero cuando estaba contigo me olvidaba de mi país y de dónde venía. Estaba demasiado ocupado descubriendo y explorando nuevos mundos contigo.

Celia se puso colorada.

–Los dos éramos vírgenes. Curioso, ¿verdad?

–No tanto. No creo que fuera tan escandaloso como nos hacían creer. Y gracias a ello la primera vez fue especial para ambos.

Su voz suave y sus tiernas palabras tocaron la fibra más sensible de Celia.

–Muy especial. Y también muy divertida... Éramos como exploradores, armados con un Kamasutra ilustrado y una lista de posturas apropiadas.

Salim se echó a reír.

–Teníamos una manía incurable a analizarlo todo intelectualmente.

–Nos creíamos muy listos, y creíamos que podríamos entenderlo todo si lo pensábamos y discutíamos el tiempo suficiente.

–Y que lo digas –corroboró él con una amplia sonrisa–. No había tema que se nos resistiera.

–Bueno, salvo el tema de tu futura boda.

Las palabras salieron de sus labios sin darle tiempo a detenerlas. Nunca se había atrevido a lanzarle aquella acusación. En su primera separación se había quedado demasiado conmocionada y dolida, y cuando volvieron a encontrarse se sintió tan sorprendida y entusiasmada que no quiso sacar a relucir el pasado.

–Tienes razón –admitió él con gesto ceñudo–. No

quería hablar de mi futuro. Ni siquiera me gustaba pensar en ello –le recorrió el rostro y el cuello con la mirada–. ¿Y por qué habría de gustarme, si tú no ibas a estar en ese futuro?

Nunca habían hablado mucho de su familia, y Celia había supuesto que Salim no quería pensar en un hogar lejano que sólo visitaba un par de veces al año. A ninguno de los dos se le había ocurrido que una vida completamente distinta aguardaba a Salim a miles de kilómetros. Una vida en la que no podía haber sitio para Celia.

Sus mirada se encontraron y Celia soltó una rápida exhalación.

–Habría sido más fácil si hubiera estado preparada.

–¿Cómo se puede estar preparado para acabar una relación? Yo tampoco lo estaba.

–Al menos tú sabías lo que iba a ocurrir.

Salim cerró los ojos un instante, y cuando volvió a abrirlos el brillo se había apagado.

–No fue fácil para mí –se inclinó hacia delante, hipnotizándola con la intensidad que irradiaba su mirada–. Hasta hoy, sigue siendo el peor día de mi vida.

–El mío también –dijo ella sin pensar.

Siempre le había parecido que Salim se había vuelto demasiado frío y distante, como si no le importara haberle hecho daño. Como si, de un día para otro, ella no significara nada para él. Y nunca creyó haberse recuperado completamente de su rechazo. Había salido con otros hombres, pero nunca se enamoró de ninguno ni se comprometió con nadie.

Y ahora, de repente, todo era diferente. Salim afirmaba haberla echado de menos. Admitía que habían sido los recuerdos de su relación lo que echó a perder su matrimonio.

Una sensación de perplejidad y algo más se desató en su interior. ¿Era ésa la razón por la que Salim había vuelto a cortar con ella cuatro años antes? ¿Porque significaba mucho más para él de lo que estaba dispuesto a admitir? Un millar de preguntas y posibilidades se arremolinaron en su cabeza. Tal vez aún sentía algo por ella. Tal vez aún la amaba y...

–Vamos –dijo Salim, levantándose de la mesa sin esperar la respuesta de Celia.

Ella se levantó con tanta brusquedad que casi volcó la silla. El corazón le palpitaba furiosamente bajo el elegante vestido de seda, y el pulso le latía con tanta fuerza que hacía vibrar sus pulseras y brazaletes. Agarró el brazo de Salim y él la sacó del restaurante ante las curiosas miradas de los comensales. Ni siquiera pudo responderles con una sonrisa. No podía hacer otra cosa que poner un pie delante del otro.

Atravesaron velozmente el pasillo abovedado y bajaron a la playa. La cálida brisa nocturna le acarició la piel como una suave caricia. Apenas habían dejado atrás la luz que salía del atrio cuando Salim se giró, la envolvió con sus brazos y la besó con una pasión salvaje.

Celia se fundió con sus labios y se apretó contra él mientras aferraba su camisa con los puños. Los apremiantes dedos de Salim se internaron en su elaborado peinado y tiró de su rostro hacia el suyo para seguir besándola con ardor y desenfreno.

–Oh, Celia... –murmuró cuando sus labios se separaron finalmente–. He intentado con todas mis fuerzas olvidarte... –sus palabras transmitían un dolor tan profundo que a Celia se le llenaron los ojos de lágrimas. Las emociones amenazaban con desbordarse en su interior.

–Yo también –le confesó al oído mientras él le prodigaba un reguero de besos por el cuello.

Cuatro años antes había caído en sus brazos con demasiada facilidad, a pesar del daño que le había hecho. No había podido evitarlo. Ni tampoco ahora.

–Ven conmigo –la agarró de la mano y la llevó hacia una pequeña península que se adentraba en el mar, donde se levantaba una elegante mansión blanca con las típicas almenas omaníes rematando la techumbre, como un castillo medieval en miniatura–. Mis aposentos privados.

Marchaba tan deprisa que Celia apenas podía seguirlo, pero no protestó ni dijo nada. Ni siquiera podía pensar. Salim abrió una puerta hermosamente tallada y la hizo entrar. Había una lámpara encendida en un rincón, iluminando una estancia sencilla y masculina, con paredes blancas y desnudas y un suelo de piedra. El único objeto decorativo era una cafetera de plata en un estante, junto a las ventanas arqueadas con elaboradas celosías de madera.

Celia asimiló los detalles con interés, quizá porque llevaba mucho tiempo anhelando saberlo todo sobre Salim. Dónde, cómo y con quién vivía...

Salim la condujo a través de una puerta en la pared más lejana a lo que obviamente era su dormitorio. Una gran cama ocupaba el centro de la habitación octogonal, y en casi todas las paredes había amplias ventanas con vistas al mar y a la luna danzando sobre las aguas negras. Por lo demás, el dormitorio era tan sencillo y espartano como la celda de un monje.

El cuarto de un hombre solitario, sin una mujer que compartiera su vida.

–Te he echado de menos –le susurró Salim mientras la besaba en el cuello–. Cuando te vi hace cuatro años fue aún peor, porque desde entonces no he dejado de desearte ni de pensar en ti...

La sangre le hervía con una tensión tan intensa que iba a estallar de un momento a otro. Nunca la había olvidado, y no porque no lo hubiese intentado. Había hecho todo lo posible por sacársela de su cuerpo y de su alma. Se había volcado en su trabajo, había empleado todo su tiempo en levantar un imperio y se había rodeado de personas tan apasionadas como sí mismo.

Pero nunca había olvidado a Celia. Y tras su fatídico reencuentro en Nueva York, cuando se quedó deslumbrado por su sonrisa y su belleza, volvió a quedar atrapado en los recuerdos eternos e imborrables, sin la menor esperanza de dejar atrás el pasado.

–Estar aquí contigo es como estar en el paraíso...

Sus palabras, dolorosamente ciertas, resonaron en las paredes mientras la tocaba con una veneración absoluta. Era tan preciosa y perfecta como siempre la había recordado, como si el tiempo la hubiera preservado en una burbuja para él, aunque no se la mereciera.

Le levantó el diáfano vestido sobre la cabeza y gimió al ver sus pechos enfundados en un sencillo sujetador blanco. Movido por un deseo voraz, insaciable, llevó la boca a los pechos mientras ella lo agarraba fuertemente por los brazos. Los labios rozaron el algodón y saborearon la forma de los pezones endurecidos a través del tejido. Las sensaciones eran tan intensas que tenía todo el cuerpo en llamas. Rápidamente le desabrochó el sujetador y le bajó las braguitas por sus piernas, esbeltas y bien torneadas. Celia se echó a reír, y el mágico sonido de su risa llenó los oídos de Salim y reverberó en su pecho. Llevaba demasiado tiempo sin risas en su vida. Se había esforzado al máximo por hacer lo correcto, por ser el hijo obediente y el próspero ejecutivo, cuando lo que realmente quería... era Celia.

Las manos de Celia tiraban de su camisa, y él se dio cuenta de que le había desabrochado todos los botones y que estaba intentando quitársela. La ayudó, riendo, y siguió con sus pantalones. El rostro de Celia relucía a la pálida luz de la luna. Tenía los ojos cerrados y una expresión de goce iluminaba sus preciosos rasgos.

–Eres perfecta... –pronunció las palabras en voz alta, tal y como las sentía. Liberado de sus ropas, pegó la piel a la suya y se deleitó con el dulce calor de su cuerpo.

Estaba tan excitado que no sabía lo que podría pasar si no hacían el amor enseguida. Afortunadamente, aún le quedaba la suficiente cordura para ponerse un preservativo. Lo último que quería era que se quedara embarazada.

La tumbó suavemente sobre las sábanas, iluminadas por un rayo de luna. Celia dejó escapar un pequeño grito cuando la penetró y Salim abrió los ojos, temiendo haberle hecho daño. Pero la sonrisa de Celia disipó sus temores al instante.

Empezó a moverse con cuidado dentro de ella, y poco a poco fue aumentando el ritmo, exprimiendo al máximo cada segundo de placer largamente ansiado. Años atrás se había abalanzado sobre ella como un niño sobre una montaña de caramelos. En aquellos días lejanos siempre había más caramelos esperándolo al día siguiente, pero ahora era más sabio y experimentado y sabía que los momentos más dulces de la vida debían ser saboreados a conciencia, porque posiblemente no volverían a presentarse jamás.

El tacto de su mejilla, suave y ardiente, le resultaba deliciosamente familiar. Pero el cuerpo que se movía bajo el suyo, cada vez más rápido, era más apetecible que nunca. Sus pechos habían aumentado de tamaño y tenía las caderas más redondeadas. El cuerpo delgado y adolescente de Celia había madurado y había adquirido unas proporciones perfectas. Incluso parecía haber cambiado desde su último encuentro, cuatro años antes.

—Tienes más curvas —murmuró entre jadeos, y sintió cómo ella dejaba de respirar—. Es un cumplido —le aseguró. Había olvidado que los americanos alababan la delgadez sobre todo lo demás—. Te has vuelto aún más hermosa con los años.

—O puede que a ti los años te hayan cegado —se burló ella.

—Aunque estuviera ciego, el resto de mis sentidos me seguirían diciendo lo mismo...

Abrió los ojos para cerciorarse de que su locura pasional no lo había privado de sus sentidos. A la tenue luz de la lámpara vio sus delicados rasgos, perfectos y brillantes, y sus labios entreabiertos en una sucesión de frenéticos gemidos.

Redujo el ritmo y la besó en la clavícula hasta que ella abrió los ojos, intensamente azules, y le dedicó una sensual sonrisa.

—Tú también has ganado peso... Todo músculo —le apretó el bíceps entre sus largos dedos—. No es justo que seas cada vez más atractivo...

—Yo podría decir lo mismo de ti, pero estoy encantado con tu belleza —la besó en las mejillas y en la boca, lenta y suavemente, fascinado por el roce de su piel y su embriagadora esencia. ¿Cómo podía aquella mujer ejercer un poder tan irresistible sobre él, colmando sus sentidos hasta el punto de la locura? ¿Acaso no estaba intentando olvidarla?

Como si hubiera oído sus pensamientos, Celia lo rodeó con una de sus piernas y cambió hábilmente de postura hasta quedar encima de él. Un brillo triunfal ardió en su mirada mientras se introducía la totalidad del miembro. Una cascada de placer anegó a Salim, haciéndolo gemir. Siempre le había encantado la seguridad sexual de Celia y cómo le gustaba llevar el control. Sus pezones se cernían sobre él, más oscuros y grandes de lo que recordaba, tentándolo a que los acariciara con los labios y los dedos. Celia suspiró al recibir sus caricias y siguió moviéndose a un ritmo hipnótico y sensual, como si estuviera ejecutando la danza del vientre sobre él, llevándolo a una dimensión desconocida y familiar al mismo tiempo donde el placer desbordaba los sentidos y llegaba a ser doloroso.

Celia se inclinó y lo besó en la boca, reclamando descaradamente su placer. Él le devolvió el beso, incapaz de contenerse, dominado por una lujuria irracional. Sintió la tentación de marcarla con el sello de su deseo, pero no lo hizo. Seguía siendo un caballero incluso en esos momentos de deliciosa tortura.

La agarró de los muslos y se incorporó rápidamente hasta que ambos quedaron sentados y rodeándose mutuamente con las piernas. Celia se echó a reír. Era una de las clásicas posturas indias que habían estudiado y disfrutado en su juventud. No sólo aumentaba el placer, sino que era idónea para prolongarlo y contener el orgasmo.

Pero con Celia era imposible conservar el control, y menos cuando empezó a frotarle el pecho con la punta de sus pezones erectos. Volvió a agarrarla y la tumbó de espaldas, quedando él sobre ella. Celia dejó escapar un largo y tembloroso gemido y se aferró a él para hundirlo en su interior. Todos sus músculos se contrajeron al alcanzar el clímax, y un segundo después fue el turno de Salim. Los restos de su autocontrol saltaron por los aires en una explosión de color y luz cegadora, y se aferró a Celia mientras una violenta sacudida estremecía los cimientos de su mundo y los rincones más recónditos de su alma.

No quería dejarla escapar.

Y eso suponía un serio problema.

No había nada que Celia deseara más que quedarse allí, entre los fuertes brazos de Salim, oyendo las olas que lamían la fina arena de la playa. La marea estaba subiendo, o bajando, como hacía día y noche desde el principio de los tiempos.

Ojalá pudiera detener el reloj y ambos quedaran suspendidos en aquel instante mágico donde no importaba otra cosa que estar juntos. Pero los rayos de sol empezaban a filtrarse entre la persiana y tiraban de ella hacia el mundo real.

Se incorporó con un sobresalto. ¿Serían ya las siete en punto? Le había prometido a Kira que llamaría todos los días a las siete de la mañana, las cuatro de la tarde en Connecticut, cuando Kira hubiera regresado de la guardería.

Salim se removió y abrió los ojos a medias. Su mirada le provocó una punzada de remordimiento en el corazón. Aún no se lo había dicho, y ahora se había acostado con él.

–Tengo que irme –dijo, deslizándose hacia el lado de la cama antes de que él pudiera alargar uno de sus poderosos brazos para tirar de ella.

–¿Tan pronto? Creo que hoy deberías descansar. Hablaré con el jefe... –le sugirió con una pícara sonrisa.

El deseo volvió a apoderarse de ella, lo que sólo sirvió para aumentar la sensación de culpa. ¿Cómo podía hacerles aquello a Kira y a Salim? ¿Acaso no tenía ningún control sobre sus actos?

Al parecer no, al menos en lo que se refería a Salim.

–Ojalá pudiera –dijo, evitando su peligrosa mirada–, pero tengo una reunión en las obras y no quiero alterar los planes de otras personas.

–Estás completamente dedicada a tu trabajo –observó él. Su tono de voz, grave y seductor, parecía insinuar que era algo malo. Se puso de costado y le ofreció una imagen deliciosa de su pecho esculpido en fibra y músculo.

–¿Acaso no me contrataste por eso?

—La verdad es que no —respondió él con un extraño brillo en sus ojos.

A Celia se le endureció el estómago. ¿La habría contratad porque... la deseaba? No lo habría hecho si hubiera sabido que le estaba ocultando la existencia de una hija.

—Tengo que irme —repitió mientras se ponía el vestido azul y las zapatillas bordadas con lentejuelas.

—Dame un beso antes de marcharte —ordenó él, estirándose en la cama como un sultán.

A Celia le dio un vuelco el estómago al ver las sábanas enrolladas en sus musculosas piernas, pero se inclinó hacia él para besarlo en los labios. Salim aprovechó para agarrarla y darle un beso más intenso y apasionado.

El deseo volvió a invadirla y todo el cuerpo le tembló de excitación. Pero entonces pensó en Kira, quien debía de estar esperando su llamada, y consiguió reunir las fuerzas para apartarse.

—Tengo que irme —dijo una vez más.

—Es una lástima —repuso él, colocándose los brazos detrás de la cabeza—. El proyecto marcha tan bien que te perderé antes de que hayamos tenido tiempo para nosotros... Me siento tentado a entorpecer el progreso de las obras.

Sus palabras fueron como un jarro de agua fría sobre la acalorada piel de Celia. Para Salim parecía muy fácil «perderla». Y sin duda volvería a echarla de su vida si ella no se marchaba por sí misma.

Consiguió llegar a la puerta y salió al sol de la mañana mientras se pasaba una mano por sus enmarañados cabellos. ¿Cómo había dejado que ocurriera algo así? Su única intención era participar en un interesante proyecto, ganar una fortuna y contarle lo de Kira, no acostarse con él a la primera de cambio.

El sentido común la abandonaba cuando estaba cerca de Salim. Era algo que siempre había sabido. Entonces, ¿por qué no había hecho nada para evitar la tentación? Para Salim no era más que una aventura sexual, una oportunidad para rememorar el pasado antes de seguir con su vida. Una vida en la que no había lugar para ella ni para Kira. Se estremeció al pensar en cuánto la odiaría si descubriera lo que le había ocultado mientras yacía desnuda en sus brazos.

Aceleró el paso bajo las palmeras y mantuvo la vista en el camino de losas para no cruzarse con las miradas de los jardineros y empleados del hotel, consciente de su vestido arrugado y su pelo despeinado.

¿Cómo iba a decírselo?

Capítulo Cinco

A Salim se le llenó el pecho de orgullo mientras se aproximaban a las puertas de la ciudad perdida. Estaba sentado al volante de su nuevo todoterreno de siete plazas, comprado expresamente para acomodar a su recién expandida familia. Los niños jugaban alegremente en el asiento trasero, mientras que Elan y Sara manifestaban su entusiasmo al ver el yacimiento.

–Es sorprendente ver cómo se eleva de la arena –comentó Sara–. Me encanta la blancura de los edificios. Quizá deberíamos pintar nuestra casa de blanco –se giró hacia Elan–. Creo que la pintaste del mismo color que la tierra para que nadie pudiera encontrarte.

–Tienes razón –afirmó él, riendo–. No quería que nadie me localizara, hasta que apareciste tú.

Salim sonrió. Era evidente que su hermano se sentía muy feliz con su matrimonio poco convencional. Ojalá él pudiera sentirse igual muy pronto.

–¿Por qué no ha venido Celia con nosotros? –quiso saber Sara.

Un sentimiento de culpa lo traspasó al instante. Acostarse con Celia la noche anterior había sido una equivocación en todos los aspectos.

–Ya está aquí, o al menos eso me dijo mi secretaria. Tenía que supervisar una entrega de plantas. Seguro que nos tropezamos con ella –¿sería capaz de mirarla a los ojos delante de su familia? Se había aprovechado de ella, cuando sabía muy bien que su relación no tenía ningún futuro.

Aparcó junto a las puertas abiertas y ayudó a bajar a los niños.

–Hace mucho ruido –protestó el pequeño Ben, tapándose los oídos.

–Es el sonido del progreso –le dijo Salim, aunque él apenas oía las pocas máquinas que estaban en funcionamiento–. No se pueden hacer cosas bonitas sin un poco de ruido. ¿No has estado nunca en las obras de tu padre?

–¡No! –exclamó Sara, riendo–. Es demasiado pequeño. Y hasta ahora muestra más inclinación por el dibujo que por el petróleo.

–Es un genio –proclamó orgullosamente Elan.

–Será el próximo Leonardo da Vinci –dijo Salim–. Nos hará famosos a los al-Mansur.

–De eso ya te estás encargando tú –observó Elan.

–Yo no he hecho más que construir unos cuantos hoteles –replicó Salim, quitándole importancia–. Espero convertir esta región en un destino turístico. Será bueno para nuestra economía y ofrecerá muchos puestos de trabajo.

–Es mucho más que eso –dijo Sara, mirando a su alrededor con los ojos muy abiertos–. Esto es increíble. Es una auténtica ciudad en medio del desierto.

–El mérito no es mío. La ciudad siempre estuvo aquí. Nosotros sólo la encontramos.

–Es sorprendente. Mirad esa obra de arte –dijo Sara, señalando un bonito friso que discurría por la pared de un edificio próximo a ellos y doblaba la esquina hacia otra calle adoquinada.

–Mi arquitecto contrató a un personal con mucho talento.

–Ahí está Celia, por cierto. Santo Dios... Mirad qué árboles. ¿A qué especie pertenecen?

–No tengo ni idea. Celia sabe mucho más de la flora omaní que yo –el corazón le latía con creciente inquietud a medida que se acercaban, y el tormento se agravó aún más al ver los vaqueros desgastados que se ceñían a sus largas y fuertes piernas y a su firme trasero. Estaba estirándose para podar una rama, y su camiseta amarilla relevaba una franja de piel desnuda en la cintura.

La excitación le hirvió la sangre y el ego. ¿Por qué no podía controlarse con ella?

–Hola, Celia –consiguió saludarla en un tono bastante áspero–. Trabajando duro, como siempre.

No quería que los demás supieran lo que había ocurrido la noche anterior. Elan se burlaría de él sin piedad, o peor aún, intentaría ver más de lo que realmente era.

Celia se dio la vuelta. Tenía el rostro empapado de sudor, y a Salim le pareció que sus mejillas se ruborizaban al verlo.

–¿Qué haces aquí? –el entusiasmo de sus ojos azules avivó aún más el deseo de Salim.

–¿Qué pregunta es ésa? –intentó adoptar un aire despreocupado mientras se esforzaba por no fijarse en su camiseta de algodón estirada sobre sus generosos pechos–. Es mi nuevo complejo hotelero y el hogar de mis ancestros... Aquí es donde debo estar.

Ella se apartó un mechón de pelo mojado de la

cara y se sacudió el polvo de los vaqueros mientras los demás se acercaban.

—¿Qué os parece la ciudad perdida?

—Estaba pensando que ha sido maravilloso volver a encontrarla —respondió Sara con una sonrisa. Llevaba a la pequeña Hannah en brazos, quien alargó las manos hacia una rama colgante—. Todo es tan bonito y tan mágico... ¿Si froto ese jarrón de ahí saldrá un genio?

—No creo, pero espero que sí aparezca pronto la vid que planté ayer en su interior.

—Hace calor, mamá —se quejó el pequeño Ben—. ¿Podemos ir adentro?

—Me temo que dentro no hará mucho más fresco —dijo Celia—. El aire acondicionado no estará instalado hasta la semana que viene.

—Ben, tienes que aprender a disfrutar del calor —dijo Salim, revolviéndole el pelo—. Los omaníes no necesitamos el aire acondicionado para vivir en el desierto —él se encargaría de que su propio hijo, cuando lo tuviera, no se acostumbrara demasiado a las comodidades de la vida moderna. Había que respetar la tradición, y aquel día volvía a llevar la *dishdasha* blanca para recordarse cuál era su lugar en el mundo.

Apartó la mirada cuando Celia se inclinó hacia delante para entregarle a Ben un termo frío, ofreciendo un atisbo de su escote. Si llevara un atuendo tradicional omaní, podrían evitarse aquellas situaciones tan embarazosas.

Aunque la noche anterior había llevado un atuendo tradicional omaní, y tampoco sirvió de mucho.

—Me encanta el calor —declaró Sara—. Me costó

acostumbrarme cuando me trasladé a Nevada para trabajar para Elan, pero ahora no me imagino viviendo en un clima más frío.

—Tal vez pueda convenceros para que os quedéis en Omán —se atrevió a sugerir Salim.

—Tendrías que ser muy persuasivo. No creo que a mis empleados les hiciera mucha gracia —dijo Elan, riendo—. Aunque parece que Celia ya se ha adaptado a la perfección. Ayer la oí hablar en un árabe impecable.

Salim frunció el ceño. ¿Otra vez estaba Elan intentando presentarle a Celia como su pareja ideal? ¿Acaso no podía ver que con sus insinuaciones sólo conseguía empeorar la situación?

—Mi árabe no es impecable, ni mucho menos —protestó Celia, poniéndose colorada—. Apenas sé lo suficiente para hacerme entender.

—Seguro que lo hablas mejor que yo —insistió Elan—. He vivido tanto tiempo en Estados Unidos que he olvidado mi propia lengua.

—Pero ya la estás recuperando —observó Sara—. Ayer supiste regatear muy bien por la alfombra que compramos para el comedor.

—Puro instinto. Tú la habrías conseguido por menos dinero si lo hubieras intentado —volvió a mirar a Celia—. Sara es una negociadora implacable, y creo que por eso me conquistó. A los hombres de mi familia nos gusta que nuestras mujeres estén hechas de una pasta muy dura —miró la ropa de trabajo de Celia con un brillo de admiración en los ojos, y Salim sintió una punzada de disgusto. ¿Serían celos? Se apresuró a carraspear y Celia se movió con nerviosismo.

–¿Os gustaría ver las plantas? –sugirió con una voz excesivamente aguda y chillona–. Esos arbustos son sarh. Son plantas autóctonas de la región y pueden aguantar mucho tiempo sin agua –se lanzó hacia Ben para impedir que agarrase una de las bayas–. No son venenosas, pero es probable que las hayan fumigado en el vivero –miró a Sara–. Siempre compruebo que las plantas no sean tóxicas si van a estar al alcance de los niños.

–No se te escapa ni un detalle –dijo Sara. Le hizo una mueca a Ben, quien respondió con una sonrisa, y volvió a mirar a Celia–. Serías una madre estupenda.

Celia se quedó boquiabierta, y a Salim le pareció ver que estaba palideciendo. Cuando finalmente habló, lo hizo con un hilo de voz.

–Sólo me gusta ser práctica... para evitarles a mis clientes las molestias de presentar una demanda judicial –dijo, pero sin mirarlo a él, su cliente.

–Tiene razón –corroboró Salim–. Las demandas son un engorro, y una pérdida de tiempo –sonrió–. Me disponía a enseñarles la ciudad perdida a Elan, Sara y los niños. ¿Te gustaría acompañarnos?

–Hum... claro –respondió ella, mirando vacilante a su alrededor, como si buscara alguna excusa.

Salim no podía reprochárselo. Era muy incómodo comportarse con naturalidad después de la noche que habían compartido. Para él tampoco estaba siendo nada fácil. ¿Qué clase de idiota pensaría que acostándose con una mujer conseguiría olvidarla?

–Por aquí –exclamó, intentando no pensar en ello–. Celia, ¿podrías explicarnos cómo se desenterró la ciudad piedra a piedra?

—Ha sido realmente asombroso —dijo ella, adelantándose unos pasos—. Al principio temía que las obras destruyeran el yacimiento, pero el personal de Salim sabe lo que hace y han tenido un cuidado extremo para preservar los restos.

—Salim le tiene mucho cariño al pasado —comentó Elan, mirando a su hermano.

—Hablando del pasado... —dijo Salim, deteniéndose frente a un edificio de dos plantas de estuco, rodeado de palmeras datileras.

Elan parpadeó con asombro al ver las paredes blancas, decoradas con una cenefa de diamantes pintados.

—Se parece a... nuestra casa. La casa donde crecimos.

—Así es —afirmó Salim—. Vamos adentro.

Los condujo a través de la puerta arqueada al interior, fresco y acogedor.

—Ya sé que no guardas muy buenos recuerdos de ese lugar, pero la casa ya no existe y, por alguna razón, quería recrearla aquí.

Elan contempló boquiabierto el suelo de piedra y las paredes de estuco. Dejó escapar una exhalación y se pasó la mano por el pelo.

—Es como volver a la infancia...

—Hubo un tiempo en el que fuimos felices en esa casa.

—Cuando estábamos todos juntos —dijo Elan—. Antes de que papá nos enviara a Quasar y a mí lo más lejos posible y nos destrozara la vida a todos.

Salim tragó saliva. Las decisiones de su padre habían acabado con una infancia feliz y dichosa. Al enviar a sus hermanos a un internado había condenado a Salim a una existencia triste y solitaria. Y al morir su madre, poco después, se quedó a solas con su severo padre, quien nunca tenía una palabra amable para él.

Pero así era la vida, y las desgracias no le habían impedido salir adelante.

—Has recreado nuestro hogar, y me has traído de nuevo a mi tierra —dijo Elan con los ojos brillantes—. Si Quasar estuviera aquí, volveríamos a ser una familia.

—Ya somos una familia —replicó Salim. Estaba decidido a que los al-Mansur encarasen el futuro todos juntos—. Quasar vendrá algún día —su hermano menor era de temperamento inquieto y alocado, pero Salim confiaba en que acabaría sentando la cabeza.

Sara levantó la mirada a los altos techos, rematados por una sencilla greca.

—Es precioso. Simple y elegante. Seguro que podrás revivir una versión más feliz del pasado.

—No soy tan ambicioso —dijo Salim, cruzándose de brazos e intentando ignorar la emoción que le llenaba el pecho—. No es más que una típica casa omaní que encaja con el entorno.

—A veces tienes que enfrentarte al pasado para seguir adelante —dijo Elan—. Yo lo he estado evitando como un perro que me estuviera persiguiendo. Lo único que hacía era correr más y más rápido para dejarlo atrás. Alejarme lo más posible de mi hogar. Encerrar todo el dolor y la frustración en lo más hondo de mi alma y jurarme que nunca más volvería a sentir nada parecido.

—Hasta que una noche en el desierto —dijo Sara—, abrí el baúl secreto de sus emociones.

–Y desde entonces soy un hombre completamente nuevo –aseveró Elan, rodeando a su mujer por la cintura.

–Me alegro mucho por ti –dijo Salim, sintiendo cómo se le formaba un nudo en la garganta–. Yo, en cambio, al quedarme en Omán no he tenido la necesidad ni el deseo de huir del pasado.

Miró de reojo a Celia, quien se había quedado tan rígida como una estatua. Debía de sentirse como una intrusa en la emotiva escena familiar.

–A veces puedes estar huyendo de algo sin saberlo –dijo Elan–. Y en ese caso es mucho más difícil encontrar el camino de vuelta.

–Te encanta hablar en clave, hermano. Yo me alegro simplemente de que estés aquí, y es mi intención retenerte todo el tiempo posible.

–Te confieso que es bonito estar de vuelta. Tendremos que convertirlo en una costumbre –le sonrió a Sara, quien asintió.

–Me encantaría que Hannah y Ben conocieran sus raíces y que nunca perdieran el contacto con su familia omaní. Tendremos que venir muy a menudo.

Salim observó a su sobrina, que estaba gateando por el suelo a una velocidad impresionante. El corazón se le llenó de orgullo y afectuosa resolución.

–Seréis bienvenidos en cualquier momento. Para mí nada es tan importante como reunir de nuevo a la familia.

Un repentino ataque de tos pilló a Celia por sorpresa.

–¡Lo siento! No sé qué ha pasado –balbuceó cuando consiguió parar y tomar un sorbo del termo.

—El aire seco —le dijo Elan en tono tranquilizador, como siempre—. ¿Te puedes creer que en una casa como ésta vivía una familia de cinco miembros y al menos cinco criadas?

—¿Hay más habitaciones? —preguntó Celia con los ojos muy abiertos.

—Será mejor que las haya —dijo él, riendo—. No se puede alojar a los hombres y a las mujeres en la misma habitación. Podría pasar cualquier cosa... —añadió con un guiño.

Salim entornó la mirada. Algunas tradiciones se habían abandonado, sobre todo en las ciudades costeras. Pero Celia tenía que ver lo distinta que era la vida allí a los Estados Unidos.

Apartó una cortina para que pudieran pasar a la siguiente habitación.

—Ésta era nuestra habitación —intuyó rápidamente Elan—. Aunque Salim se ha olvidado de la cama. Los hermanos compartíamos la cama y nos inventábamos toda clase de historias mientras los mayores estaban sentados en el patio. Fue la época más feliz de mi vida, hasta que conocí a Sara. A pesar de su adicción al trabajo...

—Mira quién fue a hablar... —replicó ella—. Pero tiene razón. Yo creo que cuando te gusta tu trabajo debes buscar a alguien con las mismas inquietudes. De esa manera nadie se queda deprimido en casa. ¿Qué piensas tú, Celia?

El elegante cuello de Celia se contrajo al tragar saliva.

—Supongo que sí... —murmuró—. Nunca he estado casada.

—No es fácil encontrar a la persona adecuada —repuso Sara–. Y a veces, cuando se la ha encontrado, cuesta tiempo darse cuenta por uno mismo.

¿Otra vez estaban insinuando algo?, pensó Salim con el ceño fruncido. Toda aquella charla sobre la familia y las tradiciones de Omán estaban afectando claramente a Celia.

–Vámonos.

Salim y su familia habían dejado a Celia en las obras para que acabara su trabajo. Gracias a Dios. Aquella charla sobre la reunificación familiar casi había acabado con ella.

¿Cómo se sentirían si supieran que les estaba ocultando un miembro de su propia familia? Le dolía privar a Kira de sus raíces, y a Salim de la familia que tanto anhelaba.

Había decidido que se lo contaría aquella noche. No podía cambiar el pasado, pero sí podía intentar que el futuro fuese lo mejor posible para todos ellos.

Estaba convencida de que Salim iría a verla, pero no fue así. Seguramente tendría trabajo pendiente, y además tenía que atender a su familia. Tal vez necesitaran tiempo para ellos solos. O al menos de eso intentó convencerse a sí misma.

Después de una mala noche en la que apenas pegó ojo, salió a correr por la playa para liberar el estrés. El ejercicio la ayudaría a afrontar cualquier situación con la cabeza despejada. Por respeto a la sensibilidad conservadora de los omaníes, se puso unos pantalones de algodón y una camiseta en vez de sus shorts y su sujetador habituales. Había descubierto que era mucho más cómodo y fresco ir cubierta en un clima tan soleado, y ahora entendía por qué la gente del desierto no exponía la piel al sol ardiente. En aquella tierra nadie prestaba atención al termómetro. Sólo había dos grados de temperatura: caluroso y abrasador.

Las zapatillas deportivas se hundieron en la arena cuando salió al estimulante calor de la mañana. Sus pantorrillas agradecieron el esfuerzo adicional mientras corría por la playa y se llenaba los pulmones de brisa marina. Una piedra alta marcaba el límite de la propiedad del hotel. Corrió hacia ella, la rodeó y estuvo unos minutos estirándose a la sombra. Cuando se disponía a volver corriendo al hotel, oyó unas voces familiares al otro lado de la roca.

–Celia es más hermosa de lo que yo creía –dijo la alegre voz de Elan.

Una fisura en la piedra le permitía ver la playa que se alargaba hasta el complejo hotelero. Se movió sin hacer ruido hasta que pudo ver a Salim y a Elan.

–¿Creías que iba a pasarme años añorando a una mujer fea? –preguntó Salim. Parecía estar de buen humor, y una vez más llevaba una larga *dishdasha* blanca, en esa ocasión con el *janyar*, el típico puñal curvo a la cintura. El sol matinal se reflejaba en sus atractivas facciones.

¿Se había pasado años añorándola? Celia se mordió el labio y escuchó con atención.

–Me alegra que finalmente hayas entrado en razón –dijo Elan. Llevaba unos vaqueros y una toalla alrededor del cuello, y el sudor relucía en los fuertes músculos de su espalda.

–¿Qué quieres decir? –no podía ver el rostro de Salim, pero podía imaginarse su ceño fruncido.

–Que os hayáis vuelto a encontrar. Ya sé que hace dos días pasasteis la noche juntos. ¿Por qué Celia no cenó con nosotros anoche?

–Tenía cosas que hacer.

Celia se mordió otra vez el labio.

–No vayas a dejarla escapar una segunda vez.

–En realidad, sería una tercera vez –dijo Salim en tono avergonzado.

–¿Cómo?

–No te conté que tuvimos un breve... encuentro... hace cuatro años, en el Ritz Carlton de Nueva York.

–¿Y qué pasó después?

–Yo volví aquí y ella siguió con su carrera y con su vida. No había futuro para nosotros.

–¿Eso te lo dijo ella?

–No, pero era evidente.

–Así que se lo dijiste tú... –no era una pregunta. Elan parecía entender muy bien a su hermano, a pesar de haber estado años sin verse.

–Me gusta que todo esté claro, sin confusiones.

–Hermano, tienes un talento único para arruinar tu vida sentimental. Esta vez voy a encargarme personalmente de que no lo eches todo a perder.

–No te preocupes –dijo Salim, riendo–. Lo tengo todo bajo control.

Celia tragó saliva y se apretó contra la roca. ¿De qué demonios estaba hablando?

–¿Y cómo, si puede saberse, lo tienes todo bajo control? –quiso saber Elan.

–Muy sencillo. Ella volverá a Estados Unidos y yo me quedaré aquí.

–¿Qué clase de solución es ésa?

–Una ruptura limpia y amistosa.

—Sí, salvo que no es lo que tú necesitas. Ella es la mujer de tu vida, Salim. Tú lo sabes tan bien como yo, así que no intentes negarlo.

Salim volvió a reírse, pero no había el menor deje de humor en su risa.

—No, Elan. Te has convertido en un romántico como todos los americanos, pero Celia no es la mujer de mi vida. Voy a casarme con Nabilah al-Sabah.

Celia sintió cómo el corazón le estallaba de dolor.

—¿Quién es Nabilah al-Sabah? —preguntó Elan con escepticismo.

—Es la hija del jeque Muhammad al-Sabah.

—El propietario de ese inmenso centro comercial en Dubai...

—Entre otras cosas. Posee una gran cadena de tiendas.

—¿Así que ese matrimonio es una especie de acuerdo comercial?

—Claro que no —respondió Salim, quien al menos tuvo la decencia de parecer ofendido—. La he elegido porque creo que será una buena esposa y una buena madre para mis hijos.

—¿Cuántos hijos habéis tenido juntos?

Celia tragó saliva.

—Déjate de bromas. Ni siquiera la he besado.

Elan se rió.

—Entonces, ¿cómo sabes que será una buena esposa?

—Por su linaje.

Elan manifestó su rechazo con un bufido.

—Hermano, ya sabes que le doy mucha importancia al linaje y la sangre... cuando tengo que escoger a mis yeguas y sementales. Déjame que te diga que con las mujeres y el matrimonio es diferente.

—Claro que no. Además, no podría adaptarse a este lugar. Ya has visto cómo viste. Nunca aceptaría de buen grado nuestras leyes y normas sociales.

—Tú tampoco, al menos por lo que he podido observar. Te he visto bebiendo vino.

—Puede que no esté de acuerdo con todas las tradiciones, pero como cabeza de familia tengo que respetar la mayoría. Me siento orgulloso de nuestras costumbres, y quiero que mis hijos sean educados en este país.

—Si tu intención es casarte con otra mujer, ¿por qué has traído a Celia a Omán?

—Para sacármela de la cabeza de una vez por todas.

A Celia se le llenaron los ojos de lágrimas. Salim no la había contratado porque quisiera revivir su relación, ni siquiera por su experiencia como arquitecta de paisajes.

La había contratado porque quería inmunizarse contra ella.

Salim y Elan se alejaban por la playa, pero las últimas palabras de Salim aún fueron audibles por encima de las olas.

—Dentro de dos semanas se habrá marchado. Prometo, por mi honor, que no volveré a verla.

Celia ya había oído suficiente. Se retiró de la roca y dejó escapar un gemido. La piel le escocía donde había estado presionada contra la áspera superficie, y todo el cuerpo le dolía por una combinación letal de rabia y angustia.

¿Cómo se había permitido imaginar, aunque sólo fuera por un instante, que entre Salim y ella podía haber algo más que sexo? ¿Cómo había podido ser tan ingenua por tercera vez? Se había engañado a sí misma al pensar que había ido a Omán para hablarle a Salim de Kira, y ni siquiera había cumplido con su propósito.

Tal vez ya nunca se lo dijera. Acabaría el trabajo, pues de ninguna manera rompería su contrato, y luego se marcharía.

Y se prometió a sí misma, por su honor, que nunca más volvería a verlo.

Capítulo Seis

Celia consiguió evitar a Salim y a su familia el resto del día. Se dedicó a buscar en los viveros las últimas plantas que necesitaba y a ordenar el papeleo en su habitación. No respondió al teléfono y pidió que le llevaran la cena a la habitación. A las nueve de la noche estaba convencida de que la dejarían en paz hasta el día siguiente, pero entonces llamaron a la puerta.

Frunció el ceño. Si era Salim, le diría que tenía dolor de cabeza y lo mandaría a paseo. De ninguna manera iba a brindarle otra oportunidad para que se la «sacase de la cabeza».

–¿Quién es? –preguntó en voz baja.

–Soy Sara. ¿Puedo pasar?

Celia se mordió el labio. ¿Qué querría Sara a esas horas?

–Claro –respondió, y abrió la puerta con manos temblorosas–. Pasa. Perdona el desorden, pero me has pillado en medio de unas cuentas.

Tenía una impresora conectada al portátil y las hojas estaban esparcidas por la cama y el suelo.

Sara llevaba un sencillo vestido gris que acentuaba su bonito cutis rosado y se había recogido sus rubios cabellos en una cola. Le sonrió afectuosamente a Celia.

–Te hemos echado de menos en la cena. Quería proponerte que te hicieras cargo de nuestro jardín en Nevada. No hemos conseguido que crezca nada, porque hace un calor infernal en verano y un frío glacial en invierno.

Celia se echó a reír, contenta por poder hablar de un tema familiar e inofensivo.

–Siempre les aconsejo a mis clientes que empiecen con plantas autóctonas. Al menos así tendrás la certeza de que crecerán.

–Sí, pero nos hemos cansado de artemisas. ¡Parece ser lo único que crece en Nevada!

–¿Qué te parece una bonita escultura?

–Sí, podría ser la escultura de un caballo y... ¿Qué es esto?

A Celia casi se le detuvo el corazón cuando Sara agarró una foto de la cama. Era una foto de Kira que había estado contemplando aquella tarde para recordarse sus motivos de dicha.

–Eh... es Kira –fue lo único que pudo responder. Se le había quedado la mente en blanco.

Sara examinó con interés la foto.

–Es preciosa –dijo, y miró a Celia con expresión interrogativa.

–Sí –consiguió corroborar Celia, y se volvió para recoger algunas hojas, llena de pánico.

–Se parece mucho a Ben –observó Sara–. Por el vestido puedo ver que es una niña, pero sus ojos y la forma de su boca son muy similares.

–Oh –murmuró Celia, fingiendo que se concentraba en los papeles que metía en una carpeta. El pulso le atronaba en las sienes.

No recibió respuesta, y al cabo de un largo silencio se atrevió a mirar a Sara. Y la encontró mirándola a ella fijamente.

—Es tu hija, ¿verdad?

—Sí —la confesión escapó de sus labios por sí sola. ¿Qué madre podía negar a su propia hija?

Los ojos se le llenaron de lágrimas, empañando la imagen de Sara.

—Lo supe nada más ver la foto —dijo ella—. Se parece a Salim. Es de él, ¿verdad?

Celia asintió en silencio.

—También se parece a ti. Tiene tu pose y tu sonrisa. Sí, definitivamente es tuya.

Le devolvió la foto a Celia, quien la aceptó con dedos temblorosos.

—Salim no sabe nada de ella, ¿verdad? —le preguntó en voz baja y seria.

—No. No quise decírselo. Iba a hacerlo, pero...

—¿Cuántos años tiene? En esa foto parece tener dos, más o menos.

—Acaba de cumplir tres. Ha empezado la guardería. Se ha quedado con mis padres en Connecticut mientras yo estoy aquí.

Los nimios detalles no podían ocultar la cruda realidad. Le había mantenido en secreto la existencia de su hija a Salim.

—Tienes que decírselo —le dijo Sara. La intensa mirada de sus ojos verdes no admitía contradicción.

—No estoy tan segura —se guardó la foto en el bolsillo de la camisa y se secó el sudor de las manos en los vaqueros—. A veces pienso que sería lo mejor, pero entonces algo sucede y... —la voz se le apagó y se puso colorada al recordar la humillante conversación que había oído en la playa.

—¿De qué tienes miedo? —le preguntó Sara. Se levantó y le puso una mano en el brazo—. Hace poco que conozco a Salim, pero sé que es un buen hombre.

–Podría arrebatármela. Según la ley islámica, los hijos pertenecen al padre.

–Salim jamás haría eso. Además, según me explicó uno de nuestros socios de Arabia Saudí, los hijos viven con la madre hasta los ocho años, incluso en casos de divorcio.

–¿Estarías dispuesta a renunciar a Hannah cuando cumpliera ocho años? –le preguntó Celia con la voz trabada por las lágrimas.

–No, por Dios –exclamó Sara, horrorizada sólo de pensarlo–. Pero ocultarle la verdad a su padre... –miró a Celia, sin soltarle el brazo–. Me costó mucho reunir el valor para hablarle a Elan de Ben. Yo era su secretaria y nuestra aventura sólo duró una noche, sin la menor perspectiva de futuro. Elan se quedó tan horrorizado por su imprudencia que abandonó el país poco después sin decirme nada. Yo estaba segura de que perdería mi trabajo y que no tendría seguro médico para mi embarazo. Pero entonces decidí contarle la verdad... y todo salió maravillosamente bien –sus ojos brillaban de calor y confianza–. Lo mismo podría sucederos a ti y a Salim.

Celia tragó saliva.

–No lo creo.

–¿Por qué no? Salim quiere casarse, está encantado con sus sobrinos y ha manifestado varias veces su deseo de tener hijos. Y... –apretó el brazo de Celia– habría que ser ciego para no ver que está enamorado de ti hasta los huesos.

–No, no lo está. Lo nuestro no es más que una aventura, y siempre acaba mal.

—No sé lo que pasó entre vosotros en el pasado, pero estoy convencida de que las cosas serán distintas si le hablas de su hija.

—¿Para que podamos casarnos y formar una familia feliz? —preguntó en tono irónico y lastimero—. Eso no ocurrirá jamás. Le gusto como amante, pero no como posible esposa.

—Tal vez necesita un pequeño empujón. Los hombres de la familia al-Mansur pueden ser muy lentos en las cuestiones emocionales, pero ten en cuenta que su infancia fue muy desgraciada.

—Tuvieron todo lo que el dinero podía comprar, pero nada más.

—Y cuando su madre murió sólo les quedó un padre cruel y autoritario, sin nadie que los ayudara a convertirse en hombres cariñosos y decentes. Salim puede ser muy orgulloso y testarudo, de acuerdo, pero tiene un corazón noble y bondadoso bajo esa túnica blanca que siempre lleva. Tienes que encontrar la manera de llegar hasta él, sin importarte todo lo demás. Estoy segura de que te aceptará, sobre todo cuando sepa que tiene una hija preciosa.

—Oh, Dios... —Celia se apartó un mechón de la cara—. Quiero decírselo, pero quizá Salim preferiría no saberlo. Lo aguarda la vida que ha planeado, y en esa vida no estoy yo.

—¿Sabes qué? No importa lo que haya planeado. No es justo que te guardes ese secreto. Tampoco es justo para tu hija. Algún día Kira querrá saber quién es su padre. ¿Por qué no ahora, cuando aún existe la posibilidad de tener un futuro maravilloso para todos vosotros?

Celia respiró hondo. Las palabras de Sara le habían tocado una fibra muy sensible y dolorosa. La posibilidad de vivir felices para siempre era una quimera, pero tenía que contarle la verdad a Salim. Costase lo que costase.

–No soy tan optimista como tú sobre el futuro, pero prometo que se lo contaré mañana.

Sara sonrió y le dio otro apretón en el brazo.

–Elan y yo estaremos aquí para lo que necesites. Ya verás como todo sale bien.

Un escalofrío recorrió la espalda de Celia.

–Eso espero.

Celia llamó al móvil de Salim a primera hora de la mañana. Ni siquiera se molestó en saludarlo, para no perder los nervios.

–¿Podemos ir juntos a las obras a las nueve?

–Hum... Tengo una reunión a las diez y una... Quizá pueda llevarte Hanif.

–¿Puedes reunirte conmigo en las obras? –tal vez fuera mejor así. Si le soltaba la bomba en el coche, podrían tener un serio accidente.

–Claro. Estaré allí a las cuatro. Después te llevaré a casa.

–Muy bien –colgó sin despedirse siquiera. Ya no había vuelta atrás.

A las cuatro de la tarde Celia empezó a lamentar no habérselo dicho en el hotel. Al menos allí no haría tanto calor, no estaría empapada de sudor y no tendría arena bajo las uñas, sin posibilidad de lavarse. El único dato positivo era que no había mucha gente en las obras, pues había despedido al personal más temprano que de costumbre. Sólo quedaban unos cuantos pintores y electricistas desperdigados por el complejo de elegantes edificios blancos.

El ronroneo de un motor le puso el vello de punta.

«Tengo algo que decirte».

¿Cómo hacerlo? Cada vez que intentaba pensar en las palabras se sentía ridícula y avergonzada por haberlas acallado durante tanto tiempo.

El motor se apagó.

El momento había llegado.

Avanzó con decisión hacia el nuevo aparcamiento frente al futuro mercado, con la cabeza bien alta y un nudo en el pecho.

–¡Hola! –lo saludó animadamente con la mano, confiando en poder ocultar el terror que bullía por sus venas.

Salim se bajó del coche y le dedicó una cálida sonrisa.

–Hola, Celia. He estado muy ocupado estos últimos días. Te echaba de menos.

Llevaba unos pantalones caquis y una camisa blanca arremangada, y sus ojos oscuros brillaban de entusiasmo, como si realmente estuviera complacido de verla.

Pero ella sabía que no lo estaba. Salim sólo quería erradicarla de su vida, como si se tratara de un virus o una plaga.

–Salim, hay algo que debo decirte –el corazón le latía furiosamente contra las costillas.

–¿Ah, sí? –ladeó la cabeza con una expresión ligeramente burlona y se acercó a ella–. Soy todo oídos.

Ojalá fuera todo oídos, y no un cuerpo esculpido en músculos de acero y personalidad arrolladora.

–Hace tres años... –la voz se le quebró.

«Vamos. Puedes hacerlo».

–¿Sí?

–Hace un poco más de tres años, tuve un bebé.

–¿Qué?

–Un bebé. Di a luz a un bebé –¿por qué tenía que dar explicaciones absurdas? Salim sabía muy bien lo que era un bebé.

–No lo entiendo –dijo él. Se había puesto visiblemente rígido, como si sospechara algo pero no pudiera intuir de qué se trataba.

Celia tragó saliva con dificultad.

–Después de nuestro encuentro en el Ritz, descubrí que estaba embarazada.

Salim separó los labios, pero ninguna palabra ni sonido salió de ellos.

–Tenemos una hija. Se llama Kira.

–Imposible –espetó él.

Celia se sintió como si la hubiera abofeteado.

–No sólo es posible, sino que así sucedió.

–Nunca dijiste nada de una hija –hablaba muy despacio, como si intentara aclarar un misterio.

–No te dije nada porque estabas demasiado ocupado echándome de tu vida. Intenté decírtelo. Te llamé dos veces a tu oficina, y sólo recibí un recordatorio bastante brusco de que nuestra aventura se había acabado y que debíamos volver a nuestras respectivas vidas. Eso hice, salvo que mi vida había experimentado un cambio sustancial.

Salim exhaló un largo suspiro.

–¿Un bebé?

–Sí, una niña con dos piernas, dos brazos, el pelo negro y unos ojos iguales a los tuyos.

–No puede ser mía... Siempre usamos... protección.

–Al parecer no sirvió de mucho –la sangre le hervía en las venas. ¿Cómo se atrevía a discutirle algo que era irrefutable? Se sacó del bolsillo la foto que Sara había visto en su habitación y se la tendió.

Salim la miró como si fuera una serpiente que fuera a morderle. O quizá un escorpión. Pero finalmente agarró la foto y la examinó con el ceño fruncido durante un largo minuto.

–*Alhamdulillah* –«alabado sea Dios»–, es mía –exclamó, y miró a Celia con los ojos abiertos como platos–. Tendrías que habérmelo dicho.

–Quería hacerlo, pero no me dejaste.

Salim se pasó una mano por el rostro.

–Tres años... y nunca supe nada de ella. Deberías haber encontrado el modo de decírmelo –gruñó con indignación, avivando aún más la propia indignación de Celia.

–¿Por qué? ¿Para que pudieras arrebatármela? Me dejaste muy claro que no querías tener ninguna relación conmigo.

Y por la conversación que había oído en la playa sabía que seguía pensando lo mismo.

–Quería protegerla –dijo con voz temblorosa–. Y protegerme a mí misma.

Salim se había quedado absolutamente aturdido por la sorprendente revelación.

Una hija.

La foto no dejaba lugar a dudas. Era una al-Mansur. Tenía la misma boca que tanto él como sus hermanos habían heredado de su madre.

¿Cómo podía haberle ocultado Celia un secreto semejante?

Celia estaba tiritando a pesar del calor. Tenía el rostro en tensión y las manos, fuertemente entrelazadas. Salim tuvo que reprimir el impulso de abrazarla.

–No confiaste en mí.

–¿Cómo iba a hacerlo? Ya me traicionaste una vez, cuando te casaste con otra mujer sin decírmelo siquiera. Luego volviste a darme esperanzas y... –cerró la boca, como si quisiera detener el torrente de palabras tan embarazosas como reveladoras.

–No tenía ni idea...

–Podrías haber preguntado –sus ojos azules ardían de ira y acusación–. No te importaba cómo estuviera, si estaba viva o muerta. Lo único que te importaba era que permaneciera lejos de ti.

La horrible verdad lo afectó poderosamente. Celia tenía el poder de alterar su organismo como una enfermedad para la que no existía cura.

–Sólo estaba intentando ser práctico y sensato –se defendió, aunque no se imaginaba cuál sería la actitud más sensata en esos momentos. Podía resolver cualquier problema empresarial, pero aquella situación exigía un tacto y una delicadeza que superaban sus capacidades.

Una hija. Tenía una hija... Una sensación desconocida le oprimió el corazón. Una hija suya estaba en alguna parte, sin saber quién era su padre. Estaba tan furioso con Celia que quería ponerse a gritar, pero sabía que no serviría de nada.

Celia se apartó un mechón de la frente.

–Yo también intentaba ser práctica. Me pareció

la mejor opción para los dos. Yo me hago cargo de Kira y tú vuelves a esa vida de la que estás tan impaciente por echarme.

–¡Yo no quiero echarte de mi vida! –exclamó él–. Lo que pasa es que...

¿Qué?

Una imagen de su preciosa Celia con su hija, la hija de ambos, en brazos, lo asaltó de repente, acompañada de un aluvión de sensaciones innombrables, irresistibles, que lo dejaron sin habla y casi sin aliento.

El ruido de un motor hizo que ambos se dieran la vuelta. Un Mercedes negro se acercaba por el camino curvo de ladrillos. Se detuvo junto a ellos y una mujer vestida de negro y amarillo, con un pañuelo que sólo dejaba a la vista una estrecha franja de pelo negro, descendió del vehículo.

Salim se tragó una maldición.

–Es una amiga. Le dije que viniera a ver las obras alguna vez, pero no sabía que lo haría hoy. Supongo que alguien de la oficina le dijo que yo estaba aquí.

El universo debía de estar jugando en su contra. Llevaba meses cortejando formalmente a Nabilah al-Sabah y ella no había mostrado el menor interés por el yacimiento arqueológico. Y ahora que un viento huracanado había revuelto sus meticulosos planes para el futuro, a Nabilah se le ocurría aparecer como un mal presagio.

Se metió la foto en el bolsillo y cruzó los brazos sobre el pecho.

–Nabilah. Me alegro de que por fin hayas podido venir a ver las obras.

–Estaba impaciente por venir, pero debería haberte pedido una dirección más exacta. ¡Mi chófer se ha perdido dos veces!

Nabilah tenía una sonrisa permanente en su bonito rostro. A Salim le había parecido un rasgo encantador en una joven dama... hasta que Celia volvió a aparecer en su vida con su sonrisa espontánea y juguetona.

–Celia, te presento a mi... amiga, Nabilah al-Sabah.

Celia se puso completamente rígida. Lo cual era extraño, pues él nunca le había hablado de Nabilah ni de sus planes de futuro.

–Nabilah, ésta es Celia Davidson. Es la arquitecta paisajista del proyecto y... una vieja amiga mía –la inesperada necesidad de explicar su relación con Celia lo pilló por sorpresa.

Las dos mujeres se miraron con recelo mientras se estrechaban la mano, y Salim sintió el repentino impulso de desvanecerse en el tórrido aire del desierto.

–Tengo que irme –dijo–. Celia, ¿te importaría enseñarle a Nabilah las obras? –le lanzó una mirada de súplica y rencor al mismo tiempo. No era, quizá, la salida más digna, pero cualquier cosa sería preferible a quedarse allí.

–Con mucho gusto –respondió Celia en un tono frío y hostil.

–Esperaba que me lo enseñaras tú, Salim –le reprochó Nabilah en un tono tan engreído que Salim sintió un estremecimiento de repulsión por la espalda. ¿Cómo era posible que nunca hubiera advertido la arrogancia de Nabilah?

–Tal vez en otra ocasión. Ahora tengo mucha prisa, me temo. Celia, enviaré a Hanif para que te recoja.

–No te preocupes. He traído mi coche... por si acaso lo necesitaba –su torva mirada le estaba diciendo que se largara de una vez, y Salim estaba más que dispuesto a hacerlo.

Les asintió a las dos hermosas y ceñudas mujeres y se dirigió hacia su coche a paso acelerado, intentando no correr.

Una hija...

Kira.

La emoción le comprimía el pecho. Una niña pequeña con ojos grandes y marrones y un hoyuelo en la barbilla, que necesitaba el amor de un padre.

Siempre había sospechado que había algo real entre Celia y él. Algo mágico y al mismo tiempo doloroso, pero cierto e innegable.

Y así era. Lo acababa de ver con sus propios ojos.

No se habría sentido más desorientado ni aunque estuviera perdido en medio del desierto. El sol seguía brillando en el cielo azul y despejado, igual que siempre, pero de repente todo había cambiado.

Todo.

Su vida nunca volvería a ser la misma. De eso estaba seguro.

–Hombres –murmuró Celia–. Nunca están cerca cuando los necesitas.

Miró a Nabilah para observar su reacción. Era tan alta como ella, increíblemente hermosa, y su vestimenta tradicional se agitaba contra un cuerpo esbelto y perfecto. Nabilah dejó escapar una suave y melódica carcajada, muy propia de una mujer con clase y buen gusto.

La mujer que Salim había elegido, en lugar de elegirla a ella.

–Bueno, ¿por dónde empezamos? –preguntó Celia, haciendo un esfuerzo por calmarse.

–Por donde tú digas –respondió Nabilah con expresión satisfecha.

–¿Qué te parece por aquí mismo? –barrió con el brazo el área del mercado–. Como puedes ver, aún faltan unos cuantos retoques en los edificios. Ya se han plantado casi todas las plantas, de modo que podamos retirar las cañas y rodrigones para mantenerlas derechas antes de la inauguración.

–Fascinante –dijo Nabilah–. Siempre me ha llamado la atención la horticultura del desierto.

Celia no se creía una palabra.

–Tu inglés es excelente.

–Debe serlo. Tuve un profesor particular durante seis años. También hablo francés, español y japonés. Es importante dominar las lenguas, ¿no crees?

–Oh, desde luego –afirmó Celia con una sonrisa forzada–. Siempre he querido aprender chino. Quizá me ponga a ello un día de éstos... Y dime, ¿qué es lo que más te interesa de nuestro proyecto? –no pudo resistir el empleo del posesivo «nuestro», como una gata afilándose las uñas para defender lo que era suyo.

Lo cual era una estupidez, puesto que no era ella con quien iba a casarse Salim.

–Oh, me interesa todo –le dedicó una sonrisa meliflua–. Una ciudad perdida en el desierto. Parece un cuento de hadas, ¿verdad?

–No es un cuento de hadas, te lo aseguro. Es algo completamente real. El estuco y la pintura le confieren un aspecto nuevo, pero los cimientos de la ciudad antigua siguen ahí.

–Junto a la historia de la familia de Salim. La familia de su madre, al menos. Creo que su padre se trasladó aquí desde Egipto.

Celia ocultó su sorpresa. Salim nunca le había dicho nada de Egipto. Aunque, ¿por qué debería hacerlo? No le había contado nada sobre la historia de su familia, pues nunca había querido que formara parte de ella.

–El linaje de su madre se remonta a miles de años. Hubo un tiempo en el que controlaban casi toda esta tierra –Nabilah levantó su orgullosa cabeza para observar el paisaje.

–Creo que todos los linajes se remontan a miles de años atrás, hasta el origen de la humanidad. No estaríamos aquí de no ser así.

–Ya sabes a lo que me refiero –se ajustó el pañuelo para mostrar un poco más de su brillante cabello negro–. Era una familia muy poderosa.

«Como tu querido papá, sin duda». Celia tuvo que contenerse para no sacar las uñas.

–¿Eres de Salalah?

–Oh, no –respondió ella con una risita desdeñosa–. Me crié en Muscat, la capital. Pero desde hace unos años vivimos en Dubai. Comparada con ella, Salalah es muy aburrida.

–Pero es una ciudad muy bonita, ¿no te parece? –empezaba a preguntarse si Salim había perdido el juicio al elegir a aquella mujer como futura esposa.

–Las montañas, tal vez. Son excepcionales en la

Península Arábiga. Pero tampoco se pueden comparar a los Alpes suizos. ¿Has estado en Suiza?

Obviamente esperaba que Celia respondiera que no, y se entretuvo retocándose su elegante ropaje negro y amarillo.

–Sí, la conozco. Estuve diseñando los jardines para las oficinas de un banco de Zurich. ¿Te gustaría ver la piscina? –le preguntó con una radiante sonrisa.

Los ojos de su rival se entornaron por una milésima de segundo.

–¿Una piscina en mitad de la nada? Qué pintoresco... Pero bueno, al fin y al cabo es un hotel –caminó junto a Celia con la cabeza bien alta–. Salim ha dicho que sois viejos amigos. ¿Cómo os conocisteis?

Su tono alegre y despreocupado no engañó a Celia, quien seguía afilándose las garras.

–Oh, somos amigos desde hace muchos años. Nos conocimos en la universidad.

–Eso es mucho tiempo –su voz adquirió por primera vez un deje de malicia intencionada.

–Sí, Salim y yo somos muy viejos –repuso Celia, ahogando una risita.

Nabilah volvió a soltar una carcajada musical.

–¡Oh, no quería decir eso! Aunque yo soy bastante más joven –carraspeó con delicadeza–. ¿Y habéis mantenido el contacto todo este tiempo?

–De vez en cuando. Nunca lo hemos perdido del todo.

–No creo que os volváis a ver cuando se acabe este proyecto –dijo Nabilah, mirando fijamente la piscina vacía.

–¿Por qué dices eso? –preguntó Celia bruscamente.

–Cuando sea un hombre casado no se dedicará a viajar por ahí, tonteando con toda clase de personas –las últimas palabras las pronunció con exagerado desdén, pero fueron las palabras «hombre casado» las que más dolieron a Celia.

–No me dijo que fuera a casarse –dijo con toda la calma que pudo mientras rodeaba la piscina. Estaba bordeada de frondosas palmeras, a cuya sombra descansarían los huéspedes en sus tumbonas.

La risa de Nabilah resonó en las paredes de granito de la piscina.

–Oh, todo el mundo sabe que Salim y yo vamos a casarnos. Es la unión perfecta entre dos importantes familias y dos imperios comerciales –giró su elegante perfil para examinar las construcciones y arrugó la nariz–. No creo que pasemos mucho tiempo aquí. Por mucho que hayas plantado y pintado, sigue siendo un paraje desértico y desolado.

Celia frunció el ceño.

–Miles de personas vivían, reían, comían y dormían en este lugar. Muy pronto acudirán miles de personas a hacer lo mismo. ¿No sientes la energía en el aire?

La magia del lugar la envolvía en cuanto llegaba a las obras. Cuando el lugar quedaba en silencio podían oírse los ecos de una civilización pasada, e incluso las arenas del desierto susurraban los secretos del tiempo.

Nabilah volvió a reírse.

–Creo que el calor te está afectando la cabeza.

–Salim adora este lugar –dijo ella en tono tranquilo y pausado, pero Nabilah hizo otro gesto de desprecio con la mano.

—Los hombres adoran cualquier cosa que tengan ante sus narices, y a veces toman decisiones absurdas —volvió a ajustarse el pañuelo—. Sea como sea, viviremos en Dubai. Mi padre me está construyendo una casa en las islas Palmera. No creo que vengamos mucho a Omán.

Celia fue incapaz de responderle. Estaba segura de que Salim ignoraba los planes de su futura esposa.

—Creo que para Salim será bueno alejarse de relaciones e influencias pasadas. En el mundo de los negocios se conoce a gente muy poco recomendable —miró con desprecio la ropa de trabajo de Celia.

—¿Gente como yo? —preguntó Celia impulsivamente.

—Tu relación con Salim es del todo insignificante... —respondió Nabilah, arqueando una de sus finísimas cejas.

Celia se quedó boquiabierta de asombro y humillación.

«Pero tenemos una hija».

Tuvo que emplear toda su fuerza de voluntad para no decírselo y no mostrarle la foto de Kira para ver su reacción. Pero Kira no era un peón en una estúpida partida de ajedrez. Era una niña pequeña a la que su madre debía proteger y mantener a salvo.

Y además, Salim se había llevado la foto.

—Tendrás que disculparme, pero me temo que se requiere mi insignificante presencia en Salalah... Espero que no te importe acortar la visita turística.

—En absoluto... Ya he visto bastante —dijo Nabilah, sacudiéndose una mota de polvo imaginario del brazo—. Dudo que tú y yo volvamos a vernos.

—Eso espero —respondió Celia con una sonrisa, pero se arrepintió nada más decirlo. Si Salim se casaba con Nabilah, tendría que soportar la humillación de compartir a su hija con ella.

Se estremeció de asco y terror.

Todas las cartas estaban sobre la mesa. Celia se mordió el nudillo y rezó con todas sus fuerzas para que ni ella ni Kira quedaran aplastadas bajo la imparable rueda del destino.

Capítulo Siete

Apenas había entrado Celia en el patio delantero del hotel cuando apareció Salim, quien se acercó con el ceño fruncido al coche antes de que éste se detuviera por completo.

–Tenemos que hablar –dijo con voz grave y profunda cuando Celia se bajó del coche.

–Claro –respondió ella, intentando adoptar un aire puramente profesional.

–Ven conmigo –ordenó él, y echó a andar hacia la playa. El reluciente mar azul se perdía en el horizonte, más allá de la arena blanca.

Era una imagen paradisíaca, pero para Celia era como estar en el infierno.

–¿Sigues enfadado? –preguntó en voz baja. No quería provocar una escena delante de los empleados.

¿O quizá debería provocarla? Al fin y al cabo, Salim había vuelto a utilizarla para que entretuviera a su futura esposa. Tenía todo el derecho del mundo a manifestar su enojo.

–No, no estoy enfadado –respondió él, girándose para echarle una mirada severa–. Fue culpa mía que no me lo dijeras. Ahora lo entiendo –movió ligeramente el brazo, pero no llegó a tocarla–. Pero lo hecho hecho está, y ahora tenemos que hablar del futuro.

Celia asintió al tiempo que se le formaba un

nudo en el estómago. El futuro estaba lleno de posibilidades a cada cual más aterradora.

–Te pido disculpas por haberte dejado con Nabilah –una mueca irónica suavizó su expresión–. Supongo que teníais mucho de qué hablar.

–La verdad es que no –dijo Celia–. No le he dicho nada de Kira, si es eso a lo que te refieres. Me ha dicho que vais a casaros –levantó el rostro y se preparó para su reacción.

–Todavía no hay un acuerdo oficial.

Su fría respuesta, tan formal e impersonal, fue la gota que colmó el vaso.

–¿Que aún no es oficial, dices? ¡Te acostaste conmigo estando prometido con otra mujer! ¿Cómo has podido hacerlo?

–No estoy prometido con ella ni con nadie.

–Pues ella no piensa igual –quería hablarle de la conversación que había oído en la playa, pero no sería lo más prudente–. ¿Sabías que espera que os vayáis a vivir a Dubai, a una de esas islas artificiales con forma de palmera?

La expresión de pánico que puso Salim fue casi cómica, pero Celia no tenía ganas de reír.

–Lo que hice estuvo mal –admitió él.

–¿A qué te refieres? ¿A acostarte conmigo o a dejarme con tu novia? –las palabras le salían atropelladamente de la boca. Miró alrededor para ver si alguien los estaba oyendo, pero no había mucha gente en la playa.

–Ambas cosas. Me arrepiento de haberte dejado a solas con Nabilah, pero no me quedaban fuerzas para fingir que todo era normal.

–¿Y por qué fingir? Además, ¿qué sería lo normal, según tú?

–Nada es normal. Todo ha cambiado –se pasó una mano por su pelo oscuro–. No sé por dónde empezar, ni qué decir o hacer. Lo nuestro empezó hace demasiado tiempo... –perdió la vista en el mar, cuyo azul infinito relucía bajo el sol, y se volvió otra vez hacia Celia–. Debo conocer a nuestra hija –su declaración de intenciones dejó a Celia sin habla–. Ya he perdido demasiado tiempo sin ella.

Una ola de emoción y miedo invadió a Celia.

–Es una niña muy alegre, muy inquieta y cariñosa. Estará muy contenta de conocerte.

–¿Qué sabe de mí? –preguntó él, frunciendo el ceño.

–Nada –le aseguró Celia–. Hasta ahora era demasiado pequeña para entenderlo. Desde hace poco empieza a darse cuenta de que sus amigos tienen papás y ella no, pero no creo que sepa cómo expresar sus dudas.

–Podrá preguntarme lo que quiera –dijo Salim. El rostro se le había iluminado–. Tengo mucha experiencia con Ben... Tiene una mente inquisidora –sonrió–. ¿Puedo quedarme con su foto?

–Claro. Quédatela. Imprimiré otra copia.

Salim sacó la foto arrugada del bolsillo y la sostuvo como si fuera un objeto valioso.

–Tiene tu sonrisa, y creo que ha heredado tu incurable optimismo.

–¿Optimista yo? –preguntó ella–. No lo creo. Si lo fuera, te habría hablado de ella.

Salim se frotó los labios con la otra mano mientras contemplaba la foto.

–Querías protegerla. No puedo culparte por ello. Te hice daño y no querías que ella sufriera –la miró con unos ojos cargados de emoción–. Te prometo que no haré nada que pueda hacerle daño.

«Ni a ti tampoco». No pronunció esas palabras en voz alta, pero Celia podía leerlas en su mirada.

–¿Te gustaría cenar conmigo esta noche? Así podremos hablar y buscar una solución.

A Celia la alivió comprobar que, al menos, Salim estaba siendo honesto al admitir que debían encontrar una solución.

–De acuerdo.

–Te recogeré en tu habitación.

Celia estaba limpiándose la arena de las uñas cuando oyó unos golpes en la puerta. ¿Tan pronto iba Salim a buscarla?

–Adelante.

Oyó que alguien intentaba girar el pomo, sin éxito. ¿Serían los niños? Corrió a abrir la puerta y se encontró con un enorme ramo de flores.

–Una entrega para la señorita Davidson –dijo una voz ahogada tras la exuberante barrera de lilas y orquídeas. El repartidor entró tambaleándose en la habitación y dejó con cuidado las flores sobre una mesa–. Hay una tarjeta –se la entregó a Celia, hizo una reverencia y se esfumó antes de que ella pudiera darle una propina.

Una orquídea moteada llamaba la atención entre las demás. Celia debería enfadarse con Salim por arrancar una flor tan rara de su hábitat sólo para complacerla, pero era imposible enojarse viendo aquel jardín mágico. Las hojas y las flores se elevaban como una bocanada multicolor de un jarrón pintado a mano.

Celia, no sé cómo disculparme por mi comportamiento

de esta tarde. Por favor, acepta estas flores como muestra de arrepentimiento.

Celia no pudo evitar una sonrisa. Una nota más detallada de la floristería explicaba que eran flores cultivadas en vivero, no especímenes silvestres. También ofrecía la historia de cada flor, lo que mantuvo absorta a Celia durante quince minutos y que casi le hizo olvidar que se estaba preparando para una cita.

Corrió al cuarto de baño y se aplicó un poco de rímel en las pestañas y brillo de labios. No tenía necesidad de darse color en las mejillas, pues ya las tenía lo suficientemente rosadas. Se recogió rápidamente el pelo en lo alto de la cabeza y lo sujetó con un par de horquillas.

Al acabar, se miró al espejo y se recordó a sí misma que aquello no era una cita. Sólo iba a cenar con un hombre que le había destrozado el corazón. Al menos estaba segura al cien por cien de que no se acostaría con él aquella noche.

Salió del cuarto de baño justo cuando llamaban otra vez a la puerta. Abrió y esa vez sí era Salim, arrebatadoramente atractivo con unos pantalones oscuros y una camisa de lino sin cuello.

–Gracias por las flores –le dijo–. Son preciosas.

–¿Sabes que están vivas? No creí que te gustasen las flores cortadas.

–Tienes razón. Las plantas sólo son bonitas cuando están vivas y pueden crecer.

El arreglo floral debía de haberle costado una fortuna, pero no hizo ningún comentario al respecto. Lo que contaba era el gesto.

–¿Quieres ver más fotos de Kira?

–Me encantaría.

Celia le enseñó el pequeño álbum que siempre llevaba consigo en sus viajes. Tenía fotos recientes de su último regreso a casa: Kira rodando por la nieve, levantando una torre de bloques, jugando con el ordenador, y la favorita de Celia, hablando por su teléfono rosa. En todas las fotos tenía los ojos brillantes de entusiasmo e interés.

–Es una niña muy activa. Siempre está ocupada con algo. ¿Y te has fijado en que tiene mucho más sentido de la moda que yo? –señaló una foto en la que aparecía Kira con un elaborado vestuario–. Le gusta marcar estilo.

–Es perfecta –dijo Salim, emocionado–. Y parece muy feliz, gracias a ti. Le has brindado un ambiente familiar y acogedor.

–Ya conoces a mis padres. Son encantadores, y cuidan muy bien de Kira. Menos mal, porque le encanta jugar al aire libre. Esta mañana me dijo que estaba haciendo un jardín en la nieve para mí.

–Así que también es atenta y generosa –dijo Salim con una sonrisa–. Hará muy buenas migas con Ben.

Celia frunció el ceño. ¿Cómo iba a conocer Kira a Ben? ¿Tendría que traerla a Omán? No le parecía buena idea que una niña pequeña soportarse tantas horas de vuelo. Aunque Sara y Elan lo habían conseguido con sus hijos. Seguramente era más sencillo para dos adultos.

Salim debió de notar sus dudas, porque no volvió a hablar del tema.

–Vamos a cenar.

***

Celia nunca había estado en el jardín de la terraza. Se podía alquilar por horas o por un día entero, y era un lugar muy popular para celebrar bodas y fiestas. Al salir del ascensor, Celia pudo ver por qué.

El mármol blanco relucía con los últimos rayos de sol. Los pórticos de arcos ojivales rodeaban la terraza, enmarcando una increíble vista del mar, donde los pesqueros regresaban a puerto con la captura del día o se disponían a zarpar para lanzar las redes bajo la luna.

En un elegante cenador blanco había una mesa dispuesta para dos. Una botella de champán esperaba abierta en un cubo con hielo, y un jarrón con azucenas ocupaba el centro del mantel.

—Se me ocurrió que podríamos tener un poco de intimidad aquí arriba, y le pedí a los cocineros que nos prepararan un bufé —junto a la mesa principal había dos pequeñas mesas con una amplia variedad de entremeses, kebabs de gambas y arroz con azafrán.

—A Kira le encantan las gambas —dijo Celia, sirviéndose ella misma.

—¿En serio? Debe de ser muy sofisticada.

—Pues claro que es sofisticada. Es hija tuya —las palabras le sonaban extrañas saliendo de su boca, pero también maravillosamente sinceras.

—Sí que lo es. Cuéntame más. ¿Duerme bien o se despierta todo el tiempo, como Hannah? —levantó tímidamente la mirada de las verduras braseadas que se estaba sirviendo.

—Oh, de pequeña era terrible. Se despertaba tantas veces durante la noche que finalmente la dejé dormir conmigo.

Salim se echó a reír.

—Es igual en todo el mundo.

–Eso me decían mis amigas. De cualquier modo, al cabo de nueve meses la convencí de que su cuna no era una especie de jaula y poco a poco fue habituándose a ella. No sé cómo pude aguantar hasta que se quedó dormida toda la noche.

Salim le llenó la copa de champán y la miró con unos ojos más centelleantes que el líquido ambarino.

–Y mientras tanto yo disfrutaba de noches tranquilas sin el menor sobresalto... Supongo que debería estarte agradecido por ello –levantó su copa–. Por ti, Celia. Por traer a Kira al mundo y cuidar tan bien de ella.

Celia tocó la copa con la suya, incapaz de sofocar sus nervios. No percibía ningún reproche en la voz de Salim, pero sin duda merecía acusarla por haberle negado los primeros años de la vida de su hija.

–¿Va a la escuela? –le preguntó él, rebosando de entusiasmo.

–Sólo tiene tres años. El colegio en Estados Unidos no empieza hasta los cinco. Ahora va al jardín de infancia. Y le encanta. Le gusta estar rodeada de gente y participar en todo.

–Entonces le encantaría estar en un hotel, ¿no?

–Hum... sí, seguro que sí –aquél era el paso siguiente. Padre e hija se conocerían en un hotel.

–¿Vas a traerla? ¿La próxima semana, tal vez? –la expresión esperanzada de sus ojos oscuros removió algo en el interior de Celia.

–Son muchas horas de avión. Sería mejor si tú vinieras a Connecticut.

–Pero ella debe conocer sus raíces. Y así podrá conocer a la familia de Elan, pues van a quedarse aquí hasta final de mes. Se lo pasaría muy bien con Hannah y Ben.

Celia se mordió el labio.

—Sería estupendo para ella, sin duda. Déjame que lo piense a ver qué plan se me ocurre.

Estuvieron charlando sobre Kira, el hotel y los últimos retoques de la ciudad perdida, y el aire parecía chisporrotear de excitación entre ellos. Las velas titilaban a su alrededor, el sol poniente coloreaba el horizonte marino y una esbelta luna en cuarto creciente decoraba el cielo salpicado de estrellas.

Se levantaron de la mesa para servirse el café de un bonito recipiente colocado en un lateral de la terraza, y Celia se quedó embelesada por las luces de Salalah que se extendían a sus pies.

—Aquí arriba se respira una tranquilidad casi irreal. Es como estar en un reino mágico en las nubes.

—Lo estamos —dijo Salim, mirándola de soslayo—. Salvo que este reino está construido por la mano del hombre. La magia fue cosa tuya al devolver la ciudad perdida a la vida. Antes no era más que edificios vacíos y calles sin nombre. Ahora vuelve a ser un paraíso de luz y color, de árboles y plantas que impregnan el aire con la fragancia del néctar y atraen a los pájaros y las abejas a un vergel en medio del desierto. Y con una magia aún más poderosa me has traído una hija.

—No hay nada de magia en ello...

—Hay algo de mágico en la naturaleza, ¿no crees? —una expresión de arrobamiento iluminó su semblante, normalmente serio y severo—. Crees que puedes controlarla, que todo va a salir según lo previsto, que puedes predecir el ritmo de las estaciones, las lluvias y las sequías, y de repente... —le clavó una mirada tan intensa que la dejó sin respiración—, todo cambia.

Un hormigueo recorrió la piel de Celia ante la

penetrante mirada de Salim. ¿Sería magia lo que ardía entre ellos? ¿O era algo más predecible? Los dedos le temblaban por el deseo casi incontenible de tocar su camisa de lino.

–Siempre has traído la magia a mi vida, Celia. Pero estaba demasiado cegado para poder verlo. O demasiado ocupado buscando a otra persona.

–Oh, no sé. Yo... –no sabía qué decir. Su cerebro no le respondía y su cuerpo estaba bloqueado.

Salim dio un paso hacia ella y Celia pudo oler su cautivadora fragancia varonil.

–Juntos hemos tejido un hechizo, Celia –su expresión era seria, intensa, como si estuviera intentando desenmarañar un misterio–. Un hechizo muy peligroso, porque no puedo resistirme...

Antes de que los deslavazados pensamientos de Celia pudieran articularse en palabras coherentes, sus labios se encontraron en un beso enérgico y feroz. El contacto de la piel de Salim contra la suya le provocó una ligera sensación de alivio, pero la temperatura corporal no dejaba de aumentar y sin darse cuenta había aferrado la camisa de Salim con sus puños mientras él deslizaba sus largos dedos alrededor de su nuca para tirar de ella.

«No lo hagas», le gritaba hasta la última pizca de conciencia.

Pero su cuerpo no escuchaba. Los fuertes brazos de Salim le parecían el único lugar seguro en un mundo confuso y frenético donde todo cambiaba de un momento a otro, y donde no siempre podían distinguirse los sueños de las pesadillas.

«No puedo evitarlo».

Los labios le temblaban de pasión y deseo. Sus

pechos se aplastaron deliciosamente contra el recio torso de Salim mientras entrelazaba las manos en sus cabellos y aspiraba el embriagador aroma de su piel. Salim había sido su primer amante, y ella nunca había vuelto a sentir el mismo deseo con nadie más.

Ni muchísimo menos.

Le había dicho que lo amaba. Y lo había dicho en serio.

Nada de que lo había sucedido entre ellos podía cambiarlo.

El beso se intensificó y Celia se estremeció violentamente de deseo cuando él la rodeó con sus brazos. Ella subió los dedos hasta el cuello de su camisa y palpó aquellos hombros anchos y fuertes que tantas responsabilidades cargaban a lo largo del día. Toda su piel anhelaba el contacto de sus dedos y sus labios, reclamando el placer que sólo Salim podía proporcionarle.

La abultada erección de Salim se apretó contra su pelvis, avivando el deseo a un límite insoportable. Celia se retorció con fuerza e intentó contener la necesidad de arrancarle la camisa.

¿Podría ser aquello un nuevo comienzo para ambos?

Salim estaba claramente entusiasmado con el descubrimiento de su paternidad. Tal vez Sara tuviera razón y pudieran formar una... familia.

La palabra le resonó ensordecedoramente en la cabeza y en el pecho mientras sus labios y los de Salim seguían sellados en una comunicación sensual y silenciosa. La excitación parecía zumbar a su alrededor y Celia se preguntó si habrían provocado alguna reacción química, pero entonces se dio cuenta de que era el teléfono móvil de Salim.

–Les dije que no me molestaran –gruñó él, con una mezcla de confusión e irritación en su atractivo rostro.

–Debe de ser importante –dijo Celia, estirándose la blusa arrugada mientras se apartaban.

Salim apretó un botón y respondió con un furioso ladrido. Celia apartó la mirada, pero la cabeza seguía dándole vueltas por el deseo y la emoción mientras Salim mascullaba unas palabras por el móvil y lo desconectaba.

–Era Elan –le dijo, devolviendo el móvil al bolsillo–. Quería asegurarse de que no perdiéramos la cabeza y volviéramos a estropearlo todo.

–Ha hecho bien –dijo ella, apartándose un mechón que se le había soltado del recogido–. Creo que deberíamos dejarlo por hoy.

Salim se pasó una mano por sus alborotados cabellos. Su mueca de frustración era bien visible a la luz de la luna.

–Todo mi cuerpo me dice lo contrario, pero supongo que mi hermano y tú tenéis razón. Tenemos una irrefrenable tendencia a perder el control.

–Como bien dices, toda esta magia es peligrosa –dijo ella sin poder evitar una sonrisa–. Pero... imposible de resistir.

–Déjame acompañarte a tu habitación.

–Creo que será más seguro si voy yo sola. Pero te prometo que mañana haré los preparativos necesarios para traer a Kira.

Salim asintió solemnemente, pero la emoción que brillaba en sus ojos le llegó a Celia al corazón.

–Me muero de impaciencia.

Capítulo Ocho

Celia se despertó empapada en un sudor frío. El ventilador del techo giraba lentamente sobre la cama, acariciándola con una brisa que le ponía la piel de gallina.

Había prometido llevar a Kira a Omán. Había soñado con aquel momento, lo había deseado con todas sus fuerzas y al mismo tiempo se estremecía de horror con sólo pensarlo. Sabía que, de algún modo u otro, aquella decisión cambiaría sus vidas para siempre.

Unos golpes en la puerta le hicieron aferrar las sábanas mojadas contra el pecho.

–¿Quién es?

–Soy Sara. ¿Puedo pasar? Será sólo un segundo.

Celia agarró el kimono amarillo de seda que usaba como bata y se lo puso de camino a la puerta. Los ojos verdes de su nueva amiga brillaban de emoción.

–He oído que anoche salió todo bien. Estoy impaciente por conocer a Kira, y Salim está loco de entusiasmo.

–Sí, anoche le prometí traerla lo más pronto posible, pero ahora estoy muy nerviosa. Salim está entusiasmado y sé que se enamorará de Kira en cuanto la vea. ¿Y si no me deja volver a llevármela a casa?

Sara se mordió brevemente el labio.

−¿Por qué estás tan convencida de que querrás irte a casa?

−¿Otra vez estás con tus ideas románticas?

−Bueno... La llamada de Elan interrumpió algo, ¿o no?

Celia dejó escapar un suspiro.

−Sí, lo admito. Y supongo que debería estar muerta de vergüenza.

−No tienes de qué avergonzarte. Entre vosotros dos hay una atracción innegable. Pero comprendo que estés nerviosa, sobre todo porque es la vida de otra persona la que está en juego. Yo estaba muy asustada y a la defensiva cuando intentaba resolver las cosas con Elan, pero al final me di cuenta de que tener un hijo juntos significa muchísimo. Por eso decidí aparcar mis dudas y darle una oportunidad al amor que nos brindábamos mutuamente. Lo quieras admitir o no, ahora sois una familia.

Celia arqueó una ceja.

−Salim no me ha prometido nada. Su intención es casarse con la mujer adecuada y tener el heredero que necesita su familia. Kira es una niña, por lo que no tiene que perpetuar la dinastía al-Mansur. Pero tal vez Salim quiera quedarse con ella y casarse con esa horrible Nabilah...

−Oh, vamos. No pensarás realmente que es capaz de hacerlo, ¿verdad?

Celia tragó saliva.

−Ya me abandonó una vez para casarse con otra mujer. Sería una ilusa si no creyera que puede volver a hacerlo. Soy una superviviente y no me preocupa lo que pueda pasarme a mí, pero tengo miedo por Kira. No puedo pasar por alto las leyes islámicas. Si

Salim quiere arrebatarme a Kira, nada podrá impedírselo.

Sara entró en la habitación y se detuvo junto a la ventana con los brazos cruzados.

–Ambas somos mujeres de negocios y supongo que tendemos a ver las cosas de esa manera. Él ya te hizo daño una vez, por lo que tienes todo el derecho a ser desconfiada –se dio la vuelta y miró fijamente a Celia–. ¿Y si firmáis un contrato?

–¿Qué quieres decir?

–Un documento que recoja por escrito todas tus condiciones. Tendrás el derecho a llevarte a Kira a casa si lo consideras oportuno, y Salim no podrá retenerla aquí en contra de tu voluntad.

Celia abrió los ojos como platos.

–Eso no le hará ninguna gracia a Salim. Se pondrá hecho una fiera.

–Sólo si su intención es hacerte daño. Pero si su idea es proceder con cuidado para que nadie resulte perjudicado, un contrato no le supondrá el menor problema.

–Eres muy optimista.

–Digamos que me he vuelto optimista a la fuerza –le hizo un guiño–. Deja el contrato en mis manos. Tú encárgate de buscar un vuelo para Kira y yo me ocuparé de redactar el documento. Para mí será coser y cantar, ya que siempre lo estoy haciendo en el trabajo. Te lo enseñaré cuando esté terminado, y si estás de acuerdo con las condiciones, yo misma se lo llevaré a Salim.

–¿Harías todo eso por mí?

–No sólo por ti –sonrió–. También lo hago por Salim, por Elan, por Hannah, por Ben y por mí.

Una ola de calor envolvió el corazón de Celia. ¿Podrían ella y Kira encontrar su lugar en aquella familia?

–De acuerdo.

Salim mantuvo la vista fija en las palabras impresas hasta que las letras se hicieron borrosas, sintiendo cómo le hervía la sangre ante la posibilidad de perder sus legítimos derechos sobre su propia hija. Una hija a la que ya había renunciado involuntariamente durante demasiado tiempo.

–¿Por qué me pides que firme esto? –le preguntó a Sara, que esperaba de pie al otro lado de la mesa de su despacho–. ¿Dónde está Celia?

–Trabajando. La convencí para que te hablara de esto con la garantía de que no sucedería nada malo. Y ahora me estoy asegurando de que así sea –su inocente sonrisa no ocultaba aquella mente incisiva e implacable de la que Salim tanto había oído hablar.

–¿Sabe Celia algo de esto? ¿Te dijo que me hicieras renunciar a mis derechos por escrito?

–Lo sabe –admitió Sara, muy tranquila y sin pestañear–. No debe de extrañarte que sea precavida. Ya le has fallado una vez.

–Aquello fue distinto –protestó Salim–. No había ningún compromiso entre nosotros.

–¿Y lo hay ahora? –preguntó Sara, arqueando una de sus finas cejas.

–No hay ningún acuerdo formal –respondió él, cada vez más irritado. ¿Cómo se atrevía Sara a indagar en su vida personal cuando ni siquiera él sabía lo que iba a ocurrir?

–Tal vez deberías llegar a un compromiso –observó ella, entornando la mirada–. Celia tiene sentimientos, por si no lo sabes.

–¿Te lo ha dicho ella? –preguntó él, inclinándose hacia delante en su silla.

–No. Ésa es mi opinión personal. Celia no espera nada de ti. Y hace bien, después de lo que pasó entre vosotros.

Salim se removió en la silla. Cada vez le costaba más quedarse allí sentado.

–No tenía elección. Debía cumplir con mis obligaciones y responsabilidades familiares.

–¿Y lo hiciste?

La pregunta retórica lo aguijoneó como la punta de un cuchillo afilado. Había fracasado en su matrimonio y no había podido proporcionarle un heredero a la dinastía al-Mansur.

–No –admitió. Se levantó rápidamente y se metió las manos en los bolsillos–. He cometido errores y he hecho cosas de las que me arrepiento.

Entornó amenazadoramente los ojos, pero Sara no se sentía amedrentada en absoluto por él. Tenía sus propias opiniones y las manifestaba claramente y sin temor alguno.

Y había hecho muy feliz a su hermano. Elan se había hecho cargo de su propio destino al elegir una vida con la mujer que lo había cautivado. Y tanto Elan como Sara creían que él y Celia estaban destinados a estar juntos.

¿Tan descabellada era aquella posibilidad? De acuerdo a las tradiciones y los convencionalismos, sí. Pero de acuerdo a sus propios deseos, a las necesidades y esperanzas que latían en su corazón...

Aquel contrato representaba todo lo contrario a

lo que le habían inculcado. Había aprendido a conservar siempre el control, imponer sus criterios y desestimar cualquier objeción. Pero ahora se enfrentaba a una situación completamente nueva.

Su hija, Kira, estaba en alguna parte, mirando algún objeto con sus grandes ojos marrones y con una encantadora sonrisa arrugando sus mejillas regordetas. Él nunca había visto esa sonrisa, y nunca llegaría a verla si no adoptaba una postura más flexible.

Ahora todo era distinto. Él era distinto. Y no podía esperar más para conocer a su hija.

–Firmaré.

La semana que duraron los preparativos y el vuelo de ida y vuelta a Estados Unidos para recoger a Kira fue la más larga de la vida de Celia. Salim no había querido hablar con Kira por teléfono. Alegaba que no sabría qué decir y que prefería esperar a verla en persona en cuanto se bajara del avión.

El viaje había durado casi veinticuatro horas, con dos escalas angustiosamente largas en Dubai y Muscat. Kira había dormido muy poco y se había pasado casi todo el vuelo jugando, escuchando cuentos, comiendo galletas, mirando al resto de pasajeros, escuchando canciones en el iPod o, cuando Celia estaba demasiado cansada para impedírselo, correteando y riendo entre los asientos.

Como era natural, se había agotado tanto que se quedó dormida justo cuando el avión estaba tomando tierra.

–Despierta, cariño. ¡Ya hemos llegado!

Todos los esfuerzos por despertarla fueron inútiles y tuvo que cargársela al hombro mientras agarraba su bolso, su bolsa de viaje y la mochila con los juguetes de Kira. Al salir a la luminosa y resplandeciente terminal pensó en pintarse los labios, pero no tenía fuerzas ni para buscar el carmín.

Kira se despertó cuanto estaban pasando por el control de pasaportes, y no dejó de pedir leche mientras recogían el equipaje y salían al vestíbulo, donde esperaban los chóferes y familiares.

Celia examinó la multitud con el corazón desbocado. Salim le había dicho que las recogería en el aeropuerto. ¿Se habría asustado en el último momento? La manita de Kira se aferraba fuertemente a la suya.

«No le falles ahora, por favor».

Le había dicho a Kira que iba a conocer a su padre. La pequeña se había quedado muy asombrada al principio, pero enseguida se había entusiasmado por la idea. Ahora, sin embargo, parecía muy nerviosa y asustada mientras caminaba a su lado.

–¡Celia! –la llamó una voz grave y profunda desde el fondo del vestíbulo, y entonces vio a Salim abriéndose paso entre la multitud.

Su aspecto era tan imponente y majestuoso como siempre, pero en aquella ocasión llevaba una impecable camisa blanca y unos pantalones oscuros. Sus ojos se posaron inmediatamente en Kira y por un momento la miró con expresión impasible. Pero entonces pasó por debajo del cordón de separación y caminó hacia ellas.

Los tres se quedaron inmóviles y expectantes, con Salim y Kira mirándose mutuamente.

–Tú debes de ser Kira –dijo él finalmente, extendiendo la mano–. Encantado de conocerte –hablaba lenta y cuidadosamente, como si se estuviera expresando en una lengua extraña.

Kira miró su mano con los ojos llenos de pánico.

–No creo que sepa estrechar la mano –dijo Celia–. No les enseñan esas cosas en la guardería.

Salim retiró la mano y se agachó a la altura de Kira.

–Qué tonto soy... Bueno, de todos modos es un placer conocerte.

Kira lo miró con el ceño ligeramente fruncido.

–¿Eres mi papá?

–Sí, lo soy.

–Eres muy alto.

Salim esbozó una pequeña sonrisa.

–Tú también lo serás algún día.

Parecía estar impaciente por levantarla en sus brazos, pero Celia deseó que no lo hiciera, porque Kira no parecía dispuesta a soltar la mano de su madre.

–¿Y si vamos al coche? –sugirió con voz balbuceante–. Ha sido un vuelo muy largo.

–Por supuesto –dijo Salim. Se irguió y agarró la bolsa de Celia–. He traído el coche yo mismo, para que pudiéramos estar a solas –miró otra vez a Kira con un extraño brillo en los ojos–. Los tres.

Celia intentó no hiperventilar de camino al coche. El calor de Omán la envolvió en un tórrido abrazo nada más abandonar el frío del aeropuerto.

–¡Hace calor, mamá!

–Sí, cariño. Aquí siempre hace calor.

–Me gusta –declaró Kira con una amplia sonrisa–. ¡Mira, hay palmeras! Como en Babar.

–Babar es una colección de cuentos infantiles –le explicó Celia a Salim.

–Lo sé –repuso él, sonriente, mientras les abría la

puerta del coche–. Los leí en francés. Mi tutor me los trajo de París. Me encantaba el mono Zephyr.

Celia se echó a reír.

–A mí también me gusta Zephyr –dijo Kira, muy seria–. ¿Estamos en París?

–No, estamos en Salalah, Omán.

–Salalalalah –intentó repetir Kira.

–Sube, cariño –la apremió Celia. La gente se arremolinaba a su alrededor y los conductores tocaban la bocina insistentemente. Pero Kira y Salim parecían no tener ninguna prisa.

–Eso es. Salalah. Este sitio te va a encantar, ya lo verás.

Kira subió finalmente al coche. No había sillita, pero Celia consiguió abrocharle el cinturón de seguridad sobre el regazo y apartar la correa del hombro.

Salim se sentó al volante y puso el coche en marcha. Kira miraba fascinada por la ventanilla mientras recorrían las calles de Salalah con sus refulgentes edificios blancos.

–¿Vamos a vivir aquí, mamá?

–Oh, no. Sólo estamos de visita –se apresuró a responder Celia. Miró a Salim y vio su gesto ceñudo.

–¿Pero la gente no vive con sus papás? –inquirió Kira, frunciendo el ceño al igual que su padre.

El corazón de Celia latía con tanta fuerza como el martillo neumático que atronaba en una calle cercana.

–Hay gente que sí y gente que no. Cada persona es diferente –explicó, y rezó porque cambiaran de tema cuanto antes.

Cuando llegaron al hotel, Salim le pidió a un botones que subiera el equipaje a la suite del ático que había reservado por su cuenta para Celia, quien había dejado su habitación hecha un desastre. La suite constaba de varias habitaciones y una terraza con espectaculares vistas al océano.

–¡Es un castillo! –exclamó Kira, corriendo de un lado para otro–. ¡Soy una princesa!

–¡No corras tanto, cariño! –le ordenó Celia–. El suelo de mármol es muy resbaladizo.

–No le pasará nada –dijo Salim–. Está llena de energía después del largo vuelo.

–¿Y si se resbala y se da un golpe en la cabeza?

–Tonterías. Es grácil como una gacela.

–¿Vamos a tener nuestra primera discusión parental?

Salim soltó una carcajada burlona.

–Eso parece. Y en ese caso, tú ganas –le hizo un guiño–. Kira, ven aquí. Quiero presentarte a todo el mundo. Luego podrás seguir corriendo y asustando a tu madre.

Kira aceptó la mano que su padre le ofrecía.

–¿Eres un rey?

–No –respondió él, sonriendo–. Pero tú sí que eres una princesa.

–Ya lo sé. Mi madre me llama «princesa» a veces –sonrió y giró en su vestido rosa–. ¡Me gusta vivir aquí!

A Celia se le encogió el corazón, mientras que una discreta expresión de triunfo asomó al rostro de Salim.

–Kira está hecha para ser directora de hotel. ¡Mira! –Salim señaló a Kira, que corría por una plaza junto a la playa hacia otra niña pequeña que llevaba un cubo y una pala–. Está recibiendo a los huéspedes.

—No es tímida, eso está claro –dijo Celia mientras sorbía la bebida que habían pedido en el bar–. Has sido muy amable al presentársela a todo el personal del hotel.

—Ha sido un auténtico placer –afirmó él sin apartar la mirada de Kira.

—Ahora me siento fatal por haber esperado tanto tiempo –confesó Celia.

—Yo me siento fatal porque te vieras obligada a esperar tanto –dijo él, girándose hacia ella–. Tú no tienes la culpa –movió una mano en el aire–. Pero ya basta de lamentarse por el pasado. Ahora nos toca disfrutar del presente –declaró, y fue a impedir que Kira le arrebatara el cubo y la pala a su nueva conocida.

El presente era una cosa, pero muy pronto tendrían que hablar del futuro. Ambos parecían estar evitándolo, y no les faltaban razones para ello.

Las cosas iban a ponerse muy difíciles.

Kira y Ben hicieron muy buenas migas desde el primer momento. Los dos eran igualmente activos y no paraban de correr por la playa y el agua, con sus madres corriendo y chillando tras ellos para que tuvieran cuidado.

—Creo que nos vendría bien un refresco y una sombrilla –dijo Celia, mirando a Sara con desesperación.

Sara se echó a reír.

—Me aterra que Hanna aprenda a caminar. ¡No sé cómo voy a correr en dos direcciones al mismo tiempo! –miró hacia donde Hannah estaba jugando en la playa, bajo la atenta mirada de Elan.

—Al menos yo no tengo ese problema –dijo Celia, jadeando para tomar aliento mientras intentaba impedir que Kira se zambullera bajo una ola.

–De momento...

–No, lo digo en serio. Eso no va a pasarme a mí.

–El tiempo lo dirá –dijo Sara con una sonrisa maliciosa–. No mires ahora, pero no puede quitarte la vista de encima.

A Celia se pusieron de punta los pelos de la nuca.

–Seguro que está mirando a Kira.

Kira chillaba y arrojaba agua a Ben, totalmente ajena a la conversación.

–Quizá os esté mirando a las dos.

Celia se movió ligeramente y miró hacia la playa por el borde de sus gafas de sol. Allí estaba Salim, a unos pasos de Elan. Una figura alta y elegante, completamente vestida entre los bañistas y clientes que se tostaban al sol. Estaba demasiado lejos para que Celia pudiera ver a quién miraba, pero podía sentir su mirada. De repente fue consciente de la piel que revelaba su bañador. Se agachó para agarrar a Kira y la pequeña pataleó y chilló de entusiasmo.

–¡Súbeme más alto, mamá!

–No puedo. Mis brazos no son lo bastante largos –dijo Celia, bajándola otra vez al agua.

–Seguro que mi papá puede subirme más alto –miró hacia la playa y tiró de Celia hacia la orilla–. ¡Papá! ¡Papá!

Salim fue rápidamente al encuentro de sus brazos extendidos.

–Sí, princesa –la levantó y la hizo girar en el aire, salpicándose su carísima camisa–. ¿Estás segura de que no eres una sirena?

–No tengo cola –dijo ella, apretando los dedos contra las mejillas de su padre–. Pero me gusta nadar.

–Lo dice en serio –afirmó Celia, riendo–. Me estoy poniendo tan arrugada como una ciruela pasa por estar tanto tiempo en el agua con ella.

–Eres la ciruela pasa más hermosa que jamás he visto –le dijo Salim, y sus palabras le caldearon la piel empapada con más fuerza que el sol–. Espero que puedas cenar esta noche conmigo, después de que Kira se vaya a la cama.

–Yo también quiero ir –protestó Kira.

–Tú necesitas dormir un poco –dijo Salim, apartándole el pelo mojado de la cara–. No has parado en todo el día.

–¿Me leerás un cuento?

–Pues claro –le aseguró Salim, antes de volverse hacia Celia–. ¿A qué hora?

Por alguna razón, la idea de que Salim le leyera un cuento a Kira, algo que ella hacía siempre que estaba con su hija, le dio miedo a Celia. Kira cada vez se sentía más unida a Salim. Cada momento que pasaban juntos hacía presagiar una separación muy dolorosa.

Pero él era su padre.

–Normalmente se va a la cama a las siete. Pero con el desfase horario puede ser en cualquier momento.

–En realidad, te estaba preguntando a qué hora puedo recogerte para ir a cenar –arqueó la ceja en un gesto arrebatadoramente seductor.

A Celia le dio un vuelco el estómago. ¿Por qué tenía que sentirse tan excitada y aprensiva por la perspectiva de cenar con él?

–Ven a leerle el cuento a las seis y media y ya veremos qué pasa.

Capítulo Nueve

Kira ya estaba durmiendo cuando llegó Salim. Se había quedado dormida mientras veía los dibujos animados, y Celia no pudo dejar de sonreír ni de morderse el labio mientras veía cómo Salim la levantaba del sofá y la llevaba al dormitorio.

La niñera contratada por Salim se acomodó en un sillón y prometió llamarlos por teléfono si Kira se despertaba.

–¿Adónde vamos? –susurró Celia cuando salieron al pasillo–. No sabía qué ponerme –por respeto a la sensibilidad omaní, se había puesto una falda y una blusa de manga larga. Se sentía como la caricatura de una campesina, pero la mirada de Salim la hizo estremecer.

–Estás preciosa, como siempre –le dijo. Estaba arrebatadoramente apuesto con su traje negro y el pelo peinado hacia atrás–. Vamos a salir en mi barco. Cenaremos a bordo.

–No sabía que tuvieras un barco –dijo ella mientras entraban en el ascensor, y se miró la falda con el ceño fruncido. Debería haberse puesto unos pantalones.

–Hay muchas cosas que no sabes de mí –una enigmática sonrisa curvó sus labios–. Pero poco a poco te voy revelando mis secretos...

–¿Por qué tengo la impresión de que albergas miles de secretos?

–Tú también eres una mujer misteriosa. Si puedes mantener a una hija en secreto, ¿quién sabe lo que puedes estar ocultando? –a pesar de su franqueza, no había el menor atisbo de reproche en sus ojos.

–No sabes lo aliviada que estoy por no seguir ocultándote ese secreto. No me gustan los secretos, y Kira está disfrutando como nunca aquí.

–No tengo palabras para expresar lo que siento al haberla conocido –levantó la mirada al techo del ascensor y respiró profundamente–. Es más maravillosa de lo que podría haber imaginado.

Las puertas se abrieron y Celia consiguió adoptar una expresión natural mientras atravesaban el vestíbulo. No quería revelar ninguna de las emociones contradictorias que se arremolinaban en su pecho: orgullo por lo bien que su hija se había adaptado al nuevo ambiente, admiración por la respuesta que había tenido Salim en su nuevo papel de padre... y miedo por el futuro que se abría ante ellos.

Salim la llevó hacia el embarcadero privado del hotel.

–Ha sido un día extraordinario. Kira me ha dejado sin habla...

–No necesitas hablar mucho con Kira –dijo Celia–. Ya habrás visto que ella habla por los codos.

–No para de hablar, ni de correr, ni de reír.

–Es una niña muy brillante. Ya se sabe todo el abecedario.

–Tendremos que enseñarle el alfabeto árabe.

Celia tragó saliva. ¿Hasta dónde llegaría aquella situación? ¿Querría Salim que Kira fuese a visitarlo con regularidad? ¿Podría soportar estar lejos de ella ahora que la había conocido?

Al menos había firmado el contrato, y Celia guardaba una copia en Estados Unidos.

En ningún momento habían hablado de ello.

—Dicen que es bueno aprender otro idioma cuando eres pequeño. No me sorprendería que Kira dominase el árabe con rapidez.

—Pues claro que lo dominará —aseveró Salim—. Es omaní —marchó por el muelle con la cabeza alta y una sonrisa de orgullo.

Celia no quiso contradecirlo, y mucho menos viéndolo tan... feliz.

Aquello no podía durar, naturalmente. Tarde o temprano tendrían que afrontar el desagradable asunto de la separación y de las visitas. Pero de momento sólo quería que Salim se deleitara con ser padre.

Lo había privado de aquella alegría durante mucho tiempo.

Llegaron al final del muelle y Celia se maravilló al ver el yate blanco y reluciente que flotaba ante ellos.

—Vaya barco...

—Es capaz de recorrer largas travesías oceánicas, pero esta noche sólo nos alejaremos una o dos millas. En otra ocasión os llevaré a ti y a Kira a Muscat o a Yemen. Los omaníes siempre hemos sido un pueblo marinero. Es natural que Kira adore el mar.

Celia asintió.

—En Connecticut el mar es frío y gris. Kira se ponía a gritar en cuanto el agua tocaba sus pies. Aquí, en cambio, es imposible sacarla del agua.

—No hay muchos lugares en el mundo que puedan compararse con Salalah –le dedicó una cautivadora sonrisa y la ayudó a subir a bordo.

Asientos acolchados se alineaban a lo largo de la inmensa cubierta. Los pasamanos relucían a la luz del crepúsculo, coloridas banderas ondeaban sobre sus cabezas, cada palmo del yate estaba pulido y abrillantado y un olor delicioso emanaba de sus entrañas.

–Yusef nos está preparando la cena. También se encargará de llevar el timón. Podemos hablar sin problemas delante de él.

–¿Será discreto? –quiso saber Celia, preguntándose qué les habría contado Salim a sus empleados sobre Kira y ella.

–Sí, y apenas sabe diez palabras en inglés, la mayoría bastante groseras –la sonrisa de Salim era tan contagiosa que la hizo vibrar por dentro–. Vamos a ver qué nos ha preparado.

La cena fue servida en una cubierta inferior, a unos centímetros sobre la superficie del mar. La luna danzaba sobre las suaves olas, y una ligera brisa nocturna aliviaba el calor del día. Celia se arrebujó en su chal de seda.

–¿Tienes frío? –le preguntó Salim, quitándose la chaqueta–. Ponte esto.

–Oh, no. Estoy bien así –lo último que necesitaba era estar rodeada por su seductora fragancia masculina. Bastante difícil era estar sentada frente a él–. Me gusta la brisa.

Yusef, un hombre de edad avanzada con una *dishdasha* oscura y un turbante marrón, les sirvió la comida con una sonrisa. Pescado fresco con especias y arroz con azafrán, tan delicioso que a Celia se le hizo la boca agua con sólo mirarlo.

—La comida omaní es exquisita. No sé cómo voy a sobrevivir sin ella.

Salim frunció ligeramente el ceño. Parecía querer decir algo, pero no lo hizo y se limitó a masticar en silencio un bocado de pan recién hecho.

Era obvio que ninguno de los dos sabía qué decir. Estaban en un momento muy delicado, suspendidos entre un pasado traumático y un futuro incierto. Salim no había hecho ningún comentario sobre Nabilah ni sobre sus planes matrimoniales, y Celia no se atrevía a mirar más allá de aquella semana. El proyecto de la ciudad perdida estaba casi terminado. Pronto regresaría a Estados Unidos y se llevaría a Kira con ella. Ninguno quería hablar ni pensar en ello. Y mucho menos cuando estaban compartiendo una velada mágica y romántica, como si fueran una pareja.

Pero Celia no se atrevía a imaginar un futuro en común con Salim.

Miró hacia las luces que brillaban a lo lejos en la costa.

—Entiendo por qué querías traerme a Omán. La vida en Massachusetts debía de resultarte muy insípida comparada con lo que tienes aquí, donde te lo dan todo hecho.

—La experiencia de Estados Unidos me vino muy bien, pues aprendí a hacer muchas cosas por mí mismo y a tomar mis propias decisiones —sus ojos destellaron fugazmente—. Aunque no estoy seguro de que hubiera sobrevivido sin tu ayuda.

—Lo pasamos muy bien juntos —dijo ella. Durante mucho tiempo había bloqueado los recuerdos de su idílico romance en la universidad. Sufría demasiado al recordar cómo había acabado todo–. Supongo que todo lo bueno tiene que acabar alguna vez. Así es la vida.

–Pero a veces un final no es definitivo, como quedó demostrado hace cuatro años. Nuestro inesperado reencuentro tuvo unas consecuencias realmente maravillosas.

Celia sonrió, pero se obligó a no albergar esperanzas.

–La nuestra ha sido una historia muy interesante, desde luego.

Salim puso una de sus grandes y bronceadas manos sobre el mantel blanco. Si Celia hubiera querido, o se hubiera atrevido, podría haber colocado la suya encima y haber sellado la conexión que existía entre ambos.

Pero no lo hizo.

Un viejo pesquero de madera se deslizaba lentamente junto a ellos. Su silueta curva se distinguía a la luz de la luna. Los pescadores les hicieron señas desde la cubierta, iluminada con una lámpara, y Salim les respondió en árabe.

–Están celosos.

–¿Y quién no lo estaría? –dijo Celia, riendo–. Este yate es como un palacio flotante.

–No están celosos del yate –replicó él–. Han dicho que he capturado un pez muy hermoso.

Celia intentó no retorcerse de placer por el halago.

–Qué tontería. Estoy tan quemada por el sol como un pescador. Si no fuera por la favorecedora luz de las velas, seguro que opinarían otra cosa.

–No te gusta ser hermosa, ¿verdad?

—Si lo fuera, tal vez podría opinar.

—¿Temes que no se tome en serio si ofreces una imagen demasiado femenina?

—Prefiero que mi trabajo hable por sí mismo, y espero que se me tome en serio aunque lleve pendientes Chandelier —arqueó una ceja—. Puede que los lleve mañana...

—Me aseguraré de tomarte en serio —dijo él, mostrando sus dientes blancos y perfectos en una sonrisa. Al parecer, también Salim estaba decidido a disfrutar de la velada.

—Ojalá Kira estuviera aquí —suspiró—. Esto es precioso.

—La traeremos otro día y saldremos a navegar por la costa.

Celia bajó la mirada a la mano que reposaba sobre el mantel. Cuánto le gustaría poner la suya encima y dejarla allí para toda la vida...

Pero había otra vida que esperaba, y tal vez aquél fuera el momento para hablar del futuro. La relación entre ambos era tranquila y cordial y Kira estaba en la cama.

—Kira y yo podemos venir de visita con regularidad. Siempre que ella tenga vacaciones en el colegio. Mi agenda es mucho más flexible, ya que trabajo por mi cuenta —quería dejar claro que acompañaría a su hija cada vez que visitara a su padre.

—No quiero ver a Kira solamente dos o tres veces al año.

—Podrías venir a visitarnos siempre que quisieras. Seguro que tienes negocios en Estados Unidos. Y serías bienvenido en cualquier momento.

—No quiero ser una simple visita para mi hija.

Quiero ser un padre para ella. Son dos cosas muy diferentes.

–Lo sé, pero la situación es complicada. Vivimos en continentes distintos. Tus raíces están aquí, y la vida de Kira y mía está allí.

–Aquí también tienes una vida –dijo él en voz baja, casi un gruñido.

«Aquí sólo te tengo a ti, y no puedo arriesgarme a depender de ti para ser feliz». Se guardó sus pensamientos para ella, pues no quería provocar más problemas.

–Ya has visto lo bien que se adapta Kira a este lugar. Tenemos colegios excelentes en Salalah. Crecerá rodeada de gente atenta y cariñosa que siempre buscará lo mejor para ella.

El miedo y la indignación invadieron a Celia.

–Ya está rodeada de gente así. Por eso es tan feliz y extrovertida –se tensó y ocultó sus temblorosas manos bajo la mesa. Las cosas estaban a punto de ponerse muy feas–. Y ya te he dicho que voy a llevármela a casa.

–A casa... ¿No dicen los americanos que el hogar es donde está el corazón?

–Tal vez el corazón de otra persona pueda pertenecer a más de un sitio, pero yo soy la madre de Kira y su sitio está conmigo –no podía controlar el temblor de su voz.

–Y por eso me has hecho firmar un contrato –dijo Salim con mirada severa.

–Sí –corroboró ella, sosteniéndole la mirada–. Sabía que tarde o temprano tendríamos esta discusión. Tenía que proteger mis derechos.

–¿Por qué no me trajiste el contrato tú misma?

«Porque contigo no puedo resistirme».

—No quería ponerme sensiblera ni que tuviéramos una pelea.

—¿Como ahora? —le preguntó él con una ceja arqueada—. ¿Creías que podía conocer a Kira, pasar un rato con ella y darle un beso de despedida?

La culpa y el miedo se revolvían en el estómago de Celia.

—No. Por eso tenía miedo. Por eso tengo miedo.

Salim se levantó, haciendo chirriar la silla contra la cubierta. Las olas que chocaban contra el costado de la nave interrumpían el denso silencio que se respiraba entre ellos.

—Tienes que pensar en lo que es mejor para Kira —se inclinó hacia ella, con sus rasgos iluminados por la luna como si estuvieran cincelados en plata.

—Ya lo hago. No hay una solución justa para todos. Nunca la ha habido.

Salim soltó una exhalación y miró hacia la rutilante superficie del mar.

—Vamos —dijo, extendiendo la mano hacia ella—. Demos un paseo por cubierta.

Celia miró su mano, grande, fuerte y de largos dedos. Si la tomaba, ¿estaría aceptando las condiciones de Salim? ¿O volvería a perder el control de su mente y su cuerpo?

No quería provocar más dificultades. Y no tenía sentido rechazar un gesto amistoso, de modo que se levantó lentamente y extendió la mano hacia él.

El contacto provocó una descarga eléctrica que se propagó por el brazo de Celia. Salim le rodeó los dedos con los suyos, agarrándola con delicadeza pero firmemente.

–Desde el extremo de cubierta podemos ver las luces de Salalah.

Celia dejó que la llevara a lo largo del pasamanos. La ondulación de las banderas parecía imitar el ritmo de su acelerado corazón. Pasaron junto a las escaleras que bajaban a la cocina y los camarotes y la costa apareció a lo lejos. La ciudad se extendía ante ellos como una hilera de luces doradas que se reflejaban en las ondulantes aguas del mar.

–Es precioso –dijo ella–. Parece una ciudad flotante.

–Como has podido ver por ti misma, no podía quedarme en Estados Unidos.

–Sí. Ahora lo entiendo todo. Desde el principio sabías que tu lugar siempre estaría aquí. Yo era joven e ingenua y no podía comprender que no éramos los dueños de nuestro destino.

–Salalah también podría ser tu hogar –dijo él, perdiendo la vista en la distancia en vez de mirarla a ella.

El terror volvió a apoderarse de Celia.

No, Salim no le estaba ofreciendo que formaran una familia. Su intención debía de ser alojarla en una bonita casa, bien alejada de la suya, y tratarla como una especie de tía soltera mientras él se casaba con una mujer adecuada.

¿Era imaginación suya o los dedos de Salim le apretaron ligeramente los suyos? Una sensación de calor prendió en su palma y se extendió hasta los pechos y el vientre. ¿Pretendía Salim que fuera una escena romántica?

–Nunca había pensado en la alegría que supone ser padre –dijo él, sin apartar la vista del agua–. Sabía que mi deber era tener hijos y que acabaría teniéndolos algún día –se volvió hacia ella–. Pero no me esperaba que fuese a robarme el corazón.

Sus palabras impactaron profundamente en Celia. Sabía cómo se sentía, y por eso era tan importante todo lo que dijeran o hicieran.

Tan importante, y tan difícil.

Salim le agarró la otra mano.

–Gracias por haber traído a Kira al mundo –le dijo con vehemencia–. Y gracias por haberla hecho feliz. Eres una madre maravillosa.

Celia tragó saliva cuando una oleada de emociones amenazó con ahogarla. Hasta ese momento había sentido que Salim le recriminaba todo el tiempo que había pasado lejos de Kira, trabajando y viajando. Pero aquel elogio la afectaba mucho más de lo que quería admitir.

–Gracias –consiguió responder.

–Sabes, al igual que yo, que Kira nos necesita a los dos –su declaración quedó momentáneamente suspendida en el aire nocturno.

–Sí –admitió ella. Salim tenía razón. Pero, ¿cómo podrían hacerlo?

La mirada de Salim descendió hasta su boca. El aire chisporroteaba de calor entre ellos, caldeando sus manos entrelazadas y endureciendo los pezones de Celia.

Oh, oh...

Sus bocas se acercaron en silencio. Un manto de pasión invisible los rodeaba en la oscuridad de cubierta, mecida por el suave oleaje del mar.

Pero entonces Salim le soltó las manos, se dio la vuelta bruscamente y se alejó por la cubierta. Y Celia se quedó inmóvil, atónita y con los labios entreabiertos en espera de un beso que no había llegado.

Capítulo Diez

A la mañana siguiente, Celia sacó a Kira del comedor donde habían desayunado crepes recién hechos y fruta fresca. Su intención era llevar a Kira a la playa a que jugase un rato y luego llevarla a las obras para ultimar algunos detalles.

La velada con Salim había acabado precipitadamente después de que hubieran estado a punto de besarse. Él había sugerido que volvieran a la costa y ella había aceptado, agradecida por la oscuridad que ocultaba el rubor de la humillación.

¿Adónde creía que podía llevarlos aquel beso? A nada bueno, seguro. Debería estarle agradecida a Salim por haberse detenido a tiempo. Pero no por ello dejaba de resultarle doloroso su rechazo.

De repente Kira se detuvo y empezó a gritar.

—¡Hemos olvidado mis flotadores!

—No puedes bañarte después de haber desayunado, cariño. Se te puede cortar la digestión.

Kira hizo un mohín con los labios y miró a su madre con expresión suplicante.

—No me iré a lo hondo.

—Desde luego que no. Podemos construir un castillo de arena —le propuso Celia con una sonrisa.

El futuro estaba en juego. Su felicidad dependía del acuerdo al que llegaran sus padres, y un beso sobre las olas no era la mejor manera para encontrar una solución razonable.

–¡Señorita Davidson! –oyó que la llamaban a sus espaldas. Se giró y vio a una mujer pelirroja corriendo por el jardín hacia ella–. El señor al-Mansur quiere verla en su despacho.

Celia frunció el ceño. ¿Por qué no la había llamado? Siempre llevaba su móvil consigo.

–Me ha pedido que lleve a Kira a la guardería –dijo la mujer–. Vamos a hacer esculturas de barro.

Celia la miró con desconfianza. ¿Qué estaba tramando Salim? No conocía a aquella empleada y no le hacía gracia dejar a Kira en manos de una desconocida.

–Soy Lucinda Bacon, la encargada de las actividades infantiles –se presentó la mujer. Le ofreció la mano y Celia se la estrechó–. Trabajé como niñera en Inglaterra durante ocho años antes de venir aquí. No se preocupe. Kira se lo pasará muy bien conmigo –su sonrisa y su mirada tranquilizaron un poco a Celia, pero aun así...

–Puede que necesite echarse una siesta. Ha tenido dos días muy intensos.

–¡Ningún problema! –dijo Lucinda, agachándose a la altura de Kira–. Tenemos una habitación muy bonita con unas camas estupendas. Y podemos cantar nanas. ¿Tienes alguna canción de cuna favorita?

–*Duérmete, niño* –respondió Kira.

–Oh, es una de mis favoritas, también. ¿Y sabías que una de nuestras camas se mece como una cuna?

–¿Puedo, mamá? –le preguntó Kira a su madre.

–Hum... sí, supongo que sí. ¿Has dicho que Salim me está esperando en su despacho?

—Así es, y nos ha pedido que cuidemos de Kira hasta que hayan terminado de hablar. No hay ninguna prisa. Estamos abiertos hasta las diez de la noche —sonrió y tomó la mano de Kira.

—De acuerdo —anotó su número para Lucinda y vio cómo se llevaba a Kira, sin poder ignorar la aprensión que le oprimía el pecho.

¿Sería el comienzo del fin? Kira siendo conquistada por un mundo de lujos y fantasías que Celia nunca podría proporcionarle, pero para el que a Salim le bastaba con chasquear los dedos.

Tragó saliva y se armó de valor para ir al encuentro de Salim.

Su inquietud aumentó al entrar en su espacioso despacho y verlo detrás de su mesa, impecablemente vestido con un traje negro. Salim se levantó y la saludó con una ligera inclinación de cabeza.

—Siéntate, por favor —le dijo, muy serio, indicándole un sillón tapizado junto a ella.

A Celia le temblaban tanto las rodillas que obedeció sin dudarlo, y sintió el repentino impulso de disipar la tensión que se respiraba en el aire.

—Kira estaba muy entusiasmada por ir a la guardería. No sabía que había una en el hotel. Cada vez que me doy la vuelta descubro algo nuevo. Es sorprendente.

Salim se limitó a mirarla en silencio, fijamente y con los ojos entornados. Su expresión era más intensa que de costumbre, y a Celia se le formó un nudo en el estómago.

—Como ya sabes —dijo él finalmente, inclinándose hacia delante—, le doy una importancia fundamental a la familia —Celia se retorció bajo su penetrante mi-

–Siendo mi esposa no tendrás que soportar tú sola la responsabilidad de manteneros a ti y a Kira. No tendrás necesidad de viajar ni de pasar largas temporadas lejos de ella, como haces ahora. Podrás quedarte en casa y cuidar de nuestra hija, lo cual es la opción más sensata.

Celia lo miró fijamente, incapaz de pensar ni de articular palabra.

–Debemos casarnos lo antes posible, lógicamente –siguió él–. La boda se celebrará aquí, en el hotel. Mi personal se ocupará de todo. ¿Hay algún día en concreto que prefieras?

–No.

Salim frunció el ceño. Celia no había abierto la boca mientras él le hacía su proposición. No era la reacción que se había esperado. Estaba seguro de que se mostraría encantada.

–¿No tienes pensado ningún día en particular?

–No –repitió ella, echando fuego por sus ojos azules–. Quiero decir que no me casaré contigo.

La respuesta lo golpeó como un puño en la garganta, y se sorprendió a sí mismo aferrándose a la silla.

–¿Qué?

–¿Cómo puedes reducir nuestras vidas a un simple trato formal, como si se tratara de un negocio? –las manos le temblaban visiblemente sobre los brazos del sillón–. Quieres casarte conmigo por tu anticuado sentido del deber y la responsabilidad, no porque quieras hacerlo. Me lo estás proponiendo porque sientes que estás obligado a hacerlo, nada rada, y Salim frunció el ceño antes de continuar–. Hace tiempo rompí nuestra relación porque consideraba que lo primero eran mis responsabilidades familiares. Era el hijo mayor y por tanto era mi deber proporcionarle un heredero a mi familia.

Celia irguió la espalda en el sillón. Otra vez iba a empezar con lo mismo. Las razones por las que ella nunca podría ser una buena esposa y todo eso. Ya debería estar acostumbrada a los rechazos de Salim, y sin embargo se sentía peor que nunca.

Tragó saliva y parpadeó rápidamente para contener las lágrimas.

–Siempre he tenido intención de cumplir la voluntad de mi padre y casarme con una mujer omaní de buena familia.

«¿Acaso no lo intentaste ya una vez, y mira cómo salió?», quiso replicarle, pero consiguió mantener la boca cerrada. Seguía siendo el padre de Kira, por muy insensible que fuera con ella.

–Pero, como ya he dicho, la familia es lo primero.

A Celia se le encogió el corazón. ¿Salim se disponía a romper el contrato? Tal vez no tuviera ninguna validez legal en Omán. Al fin y al cabo, ¿qué sabían ella o Sara de esas cosas?

Intentó controlar la respiración. Salim aún no había expuesto sus intenciones.

–Ahora tengo una hija. Creo que es importante para ella, muy importante, que cuente con una familia de verdad. Por eso he decidido que nos casemos.

Las palabras quedaron suspendidas sobre su reluciente escritorio, pero Celia no estaba segura de haberlas oído correctamente.

¿Casarse? ¿Con quién?

más –su voz subió de tono y su rostro se cubrió de color–. No necesito casarme contigo. Puedo mantenernos a mí y a mi hija yo sola, y no quiero casarme contigo.

Las duras palabras de Celia destrozaron los planes de Salim y la visión que se había formado de una vida feliz en familia.

–Pero, ¿por qué no? ¿No ves que es lo mejor?

–¿Lo mejor para quién? ¿Para Kira? ¿Para ti? Desde luego no es lo mejor para mí.

–También podría ser lo mejor para ti. Sé que tendrás que separarte de tus amigos para venir a vivir aquí, pero aquí harás otras amistades. Al hotel viene gente de todo el mundo, y el nuevo complejo del desierto atraerá aún más visitantes.

–No quiero ser una cliente de hotel en tu vida –espetó ella–. ¿Es que no puedes entender que para mí no es suficiente?

–No tenemos que vivir en el hotel –arguyó Salim, cada vez más irritado y asustado–. Podemos construir una casa para nosotros. Y podrás diseñar los jardines como tú quieras.

–¿Los jardines? –repitió ella con incredulidad–. No entiendes nada –las lágrimas empezaron a afluir a sus ojos–. No quiero que mi vida sea un proyecto sujeto a los plazos de tiempo, al presupuesto y a toda clase de limitaciones. No quiero que mi matrimonio sea un acuerdo contractual planificado al detalle –la voz se le quebró–. No podría vivir de esa manera, y no quiero lo mismo para Kira.

Se levantó del sillón, cuyas patas chirriaron contra el suelo de mármol.

Salim también se levantó, sintiendo una explosión de horror en el pecho. ¿Cómo podía rechazarlo? ¿Cómo podía echarlo todo a perder? El futuro de los tres dependía de aquella unión.

Su reacción era absolutamente irracional. ¿Se estaría vengando porque él la había rechazado en el pasado?

–Ya sé que te hice daño. Ojalá pudiera volver atrás y hacer las cosas de otro modo...

–¿Cómo? –exclamó ella–. ¿Alejándote de mí desde el primer momento? Eso habría sido lo más sensato, desde luego. Sin complicaciones, sin desencantos, sin promesas rotas... Sin matrimonios fracasados ni hijas ilegítimas –se cruzó de brazos–. Sí, así habría sido todo mucho más fácil. Podrías haberte casado con tu mujercita perfecta y haber vivido felices para siempre.

«No quería casarme con una mujercita perfecta. Quería casarme contigo».

La verdad atronaba en su cabeza, pero no pronunció las palabras en voz alta. Le había pedido que se casara con él y ella lo había rechazado. Su orgullo estaba herido. Tal vez se lo mereciera por haberla hecho sufrir, pero aquello era mucho peor. Porque Celia tenía el poder de quitarle a su hija.

–Y encima esperas que deje mi trabajo y me quede en casa –dijo ella–. ¿Dónde estaría ahora si hubiera hecho eso cuando Kira nació? ¿Después de haberte hablado de ella y que me hubieras echado otra vez de tu vida?

–No sabía nada de ella. De haberlo sabido, habría corrido con todos los gastos.

–Oh, muy noble por tu parte –le lanzó una mirada iracunda–. Podrías habernos pagado para que nos mantuviéramos al margen. Tu segunda familia, de la que nadie sabría nada excepto tú.

–Eso es una estupidez y lo sabes. No te estoy pidiendo que seas mi segunda esposa –lo pensó un momento–. Bueno, técnicamente sí serías mi segunda esposa, pero hace tiempo que me divorcié de la primera. Serías mi única esposa.

–No creo que pudiera ser lo bastante apropiada para ti. Quiero que mi hija aprenda a ser independiente, a luchar por sus ambiciones y a controlar su vida como ella quiera –se apartó un mechón de la frente–. Mis padres cuidan muy bien de ella cuando yo estoy fuera. Siempre está rodeada por la familia y los amigos. Y tú mismo has podido ver que es una niña sana y feliz –sus ojos ardientes como el sol del mediodía lo retaron a que la contradijera.

–No debe crecer sin conocer a su padre –dijo él con una voz que le sonó irreconocible a sus propios oídos. No tenía palabras para expresar sus sentimientos.

–Estoy de acuerdo.

La esperanza volvió a brotar en su pecho.

–Debe crecer conociendo a su padre –dijo ella, colocando las manos en las caderas–. Y seguro que podemos llegar a algún... acuerdo –escupió la palabra con desprecio–. Pero no nos resignaremos a un matrimonio sin amor que acabaría consumiéndonos a los dos –sus palabras resonaron con fuerza y resolución en el despacho. Se giró y se dirigió hacia la puerta–. No te preocupes –le dijo por encima del hombro–. No le diré a nadie que he rechazado tu generosa oferta. Acabaré el trabajo y luego regresaré con Kira a Estados Unidos, como estaba previsto.

Abrió la puerta y salió, cerrando tras ella con un fuerte portazo.

Salim corrió hacia la puerta, pero se detuvo antes de seguirla. No podía obligarla a quedarse. Era una sensación muy extraña, pues no había casi nada que no pudiera controlar en su vida.

Pero sobre Celia no tenía el menor control ni influencia.

Una mezcla de indignación y frustración lo carcomía por dentro. ¿Podía Celia marcharse y llevarse a su hija por las buenas?

Desde luego que podía. Él había firmado aquel estúpido contrato para permitírselo.

No sabía qué le dolía más. Si la perspectiva de perder a Kira, quien ya había conquistado su corazón, o la perspectiva de perder a Celia una vez más.

Lo había intentado con todas sus fuerzas, pero no podía sacársela de la cabeza. Era y sería una tentación eterna, arraigada en lo más profundo de su alma, contra la que no había resistencia posible. Y a él le resultaría imposible casarse con Nabilah. Celia lo había echado a perder para el resto de mujeres.

Era el tipo de mujer menos adecuada para él. Extranjera, directa, audaz y ambiciosa. No se preocupaba por los convencionalismos ni se resignaba a aceptarlos.

Y su manera de vestir no podría ser más contraria a la tradición...

Pero la tradición podía irse al infierno. Porque él la amaba. Y era la única mujer con la que quería casarse.

Capítulo Once

Celia corría por el complejo hotelero, con el corazón desbocado y la respiración entrecortada.

Salim acababa de pedirle que se casara con él.

Y ella lo había rechazado.

Hubo un tiempo en el que había soñado con aquella proposición. Pero no de esa manera, como si fuera un acuerdo comercial para garantizar la propiedad de una persona.

Se le escapó un sollozo de la garganta.

Salim no la amaba. Ni siquiera se preocupaba por ella. ¿Cómo podía pensar que estaría dispuesta a renunciar alegremente a su trabajo y postrarse a sus pies como la versión rubia y de ojos azules de una esposa apropiada?

La cruel realidad la ahogaba de furia y tristeza. El hombre al que amaba le había pedido que fuera su esposa... de una manera imposible de aceptar.

Tenía que encontrar a Kira. Salim era el amo indiscutible en aquel lugar y podía hacer que todos conspirasen contra ella para convencerla de que dejase a Kira. Incluso obligarla, sin importarles un bledo el contrato.

El miedo aceleró sus zancadas mientras pasaba junto al salón de belleza y las tiendas de artesanía. Buscó frenéticamente el letrero de la guardería y vio que estaba junto a la sala de masajes.

Sudando y sin aliento, empujó la puerta y miró en el interior, decorado con murales infantiles y muebles de colores.

¿Dónde estaba Kira? Tenía que sacarla de allí enseguida y no despegarse de ella en ningún momento.

Kira salió por una puerta en medio de un mural de Little Bo Peep y corrió hacia ella.

–¡Mamá!

Un alivio inmenso invadió a Celia mientras abrazaba a su hija, apretándola contra el pecho con cuidado de ocultar sus nervios.

–Nos han leído cuentos y he aprendido una canción nueva.

–Es estupendo, cariño, pero ahora tenemos que irnos. Comeremos algo y te llevaré a ver la ciudad antigua.

–¿Con los castillos y todo?

–Eso es –tenía que ultimar algunos detalles y dar las instrucciones al personal para el cuidado de las plantas. Entonces podría marcharse con la conciencia tranquila. Al menos respecto a su trabajo.

Una punzada de culpa la traspasó mientras les daba las gracias a las cuidadoras de la guardería. ¿Estaría haciendo lo correcto para Kira? Su hija podría ser feliz en aquel lugar, pero ella no sería una buena madre si se casaba con un hombre que sólo lo hacía por obligación. Kira confiaba por completo en ella, y Celia se preguntó hasta cuándo la vería como la protectora infalible que siempre hacía lo mejor.

Corrió a su habitación, hizo el equipaje en pocos minutos y llevó a Kira al aparcamiento. La niña protestó porque quería ir a la playa, pero el tono de su madre le hizo ver que no era momento para juegos ni discusiones y permaneció callada y obediente mientras Celia la sentaba en el Mercedes de alquiler.

Arrancó el motor y salió rápidamente del complejo. Echaría de menos las casas blancas de Salalah, el mar azul, las palmeras y la gente amistosa y hospitalaria.

Y sobre todo, echaría de menos a Salim. Debería estar acostumbrada a la añoranza, pues así había sido casi toda su vida, pero el corazón le dolía al anhelar lo que nunca podría tener.

Salim y ella no estaban destinados a estar juntos. El abismo que se abría entre ellos era tan vasto e infranqueable como el desierto de Rub al-Jali. Hubo un tiempo en que lo atravesaban las caravanas de bravos comerciantes, pasando por la ciudad perdida en su largo y peligroso viaje. Pero ahora era prácticamente intransitable, y ni siquiera los beduinos se adentraban en los desfiladeros que precedían al mar de arena.

Todo cambiaba, y no había vuelta atrás.

El aire místico de las Montañas Nubladas la envolvió en un abrazo familiar, antes de que el desierto volviera a saludarla con sus arcanos misterios y mágica belleza. La ciudad perdida se elevaba majestuosamente entre la calima, con sus brillantes muros protegiendo el exuberante oasis que muy pronto volvería a acoger viajeros y visitantes.

Celia aparcó junto al jefe de personal, que estaba echando abono a las palmeras recién plantadas.

–Faisal, ¿tienes un minuto? Tengo que explicarte algunos detalles, pues debo marcharme... pronto –tragó saliva. El jefe de personal la miró extrañado y asintió.

A Celia le costó mantener la compostura mientras le daba a Faisal las instrucciones para el mantenimiento. Las plantas no sobrevivirían mucho tiempo en el desierto si no recibían un cuidado exhaustivo y meticuloso a base de riego y fertilizantes. Kira dormía plácidamente en un cojín del improvisado despacho de Celia, que muy pronto se convertiría en un dormitorio de lujo. ¿Verían alguna vez las palmeras cargadas de dátiles? ¿O la ciudad perdida sólo viviría en su imaginación, suspendida en el tiempo como la última vez que la viera?

Y aquélla podría ser la última vez. Celia tenía intención de conducir directamente hasta el aeropuerto de Muscat y tomar el primer vuelo a Estados Unidos.

Dejó a Kira durmiendo y se llevó a Faisal afuera para seguir explicándole los cuidados de la cubierta vegetal. Mientras él tecleaba el nombre del fertilizante en su PDA, se oyó el motor de un coche que se aproximaba velozmente.

—No logro acostumbrarme a esta forma de conducir. En América los peatones tienen derechos sobre los automóviles, pero aquí es una lucha a muerte.

Se apartó de la calzada justo cuando el coche doblaba la esquina.

El sedán de Salim. Los neumáticos chirriaron al frenar de golpe, levantando una nube de polvo a su alrededor.

—Tengo que irme —dijo Celia, y echó a correr hacia el edificio donde dormía Kira. No quería escuchar a Salim ni volver a caer presa de su encanto. Ya había sufrido demasiado por su culpa.

—Celia —la llamó él, saliendo del vehículo—. Espera.

Ella ignoró la orden y siguió caminando. Salim al-Mansur ya no podía decirle lo que tenía que hacer.

Unas pisadas tras ella le aceleraron aún más el corazón.

—Celia, espera —repitió Salim. Sus palabras la traspasaron como un cuchillo afilado, y hasta el último músculo de su cuerpo ansiaba obedecerle.

¿Cómo era posible que ejerciera un poder semejante sobre ella?

Aun así, siguió caminando y preparándose para resistir, hasta que una mano la agarró del brazo y tiró de ella para detenerla.

—¡Suéltame!

—No —le agarró el otro brazo y la sujetó frente a él. El primer impulso de Celia fue luchar con todas sus fuerzas... hasta que sus miradas se encontraron.

Los ojos de Salim ardían con más intensidad que nunca, brillantes y suplicantes.

—No voy a dejarte escapar.

Celia se quedó sin respiración.

—Te quiero —su mirada la traspasó hasta el corazón—. Te quiero y te necesito.

—No es verdad —murmuró ella. La piel le ardía bajo el calor que emanaban sus manos. La atracción física que existía entre ellos amenazaba con superarla una vez más—. No me quieres. Sólo me deseas —luchó por reprimir los sollozos que le quebraban la voz—. Quieres hacer las cosas bien, y crees que la solución es mantenernos aquí a mí y a Kira... —el corazón se le encogió de miedo al pensar en Kira, que seguía durmiendo inocentemente a unos pocos metros–. No puedes obligarte a amarme, por mucho que lo intentes. Y no puedes obligarme a que me quede.

–¿Obligarme a amarte? –exclamó él–. Durante más de diez años he intentado dejar de amarte, sin conseguirlo. Siempre te he amado. Y siempre te amaré –un gemido surgió de lo más profundo de su pecho y resonó en las blancas paredes que los rodeaban–. Te amaré hasta el fin de mis días –sus ojos ardían de pasión y desesperación–. ¿Es que no lo ves? No puedo vivir sin ti. Ni quiero hacerlo.

Celia se quedó completamente inmóvil, sostenida por las fuertes manos que la sujetaban. Las vehementes palabras de Salim la habían dejado sin aliento, sin fuerzas y sin defensas.

–Pero... pero tú...

–He sido un idiota –levantó la mirada hacia el cielo y soltó una maldición–. He sido un idiota y un cabezota que se negaba a ver la verdad –volvió a mirarla a los ojos, en esa ocasión con una mirada cargada de emoción y devoción–. Mi vida ha estado vacía desde que te perdí... desde que te aparté de mi lado por culpa de mi cobardía y estupidez –emitió un extraño sonido, a medias entre un gruñido y un aullido, salvaje y penetrante–. Debería haber luchado por ti. Debería haberle dicho a mi padre que tú eras la única mujer a la que podía tomar como esposa...

Celia tragó saliva. Las palabras de Salim la envolvían como el cálido aire del desierto. Como el hipnótico canto de una sirena.

Entonces Salim le soltó los brazos, se arrodilló ante ella y la tomó de las manos.

—No te vayas, Celia. Por favor. Te quiero con toda mi alma... Quédate conmigo –levantó la mirada hacia ella. Sus manos la sujetaban con fuerza, pero Celia no tenía el menor deseo de apartarlas–. ¿Quieres ser mi esposa? ¿Quieres compartir mi vida y ayudarme a ser el hombre que debería haber sido desde hace mucho? No puedo hacerlo sin ti.

Sus ojos se lo imploraban con el mismo fervor que sus palabras.

—Oh, Salim –quería decirle que sí, pero sabía que no podía–. Sigo siendo la misma Celia con la que no podías casarte. La misma mujer que no encajaba en tu vida –la voz le temblaba–. Y siempre seré esa persona –se señaló la camisa y los vaqueros, cubiertos de polvo–. Nunca podré ser la mujer refinada y sofisticada que necesitas a tu lado. Tal vez creas que puedes cambiarme, pero es inútil. No quiero cambiar. No quiero vivir una mentira. No sería justo para mí ni para la gente que me rodea.

—Lo sé –Salim dejó caer las manos, y Celia lamentó la pérdida de su calor incluso en el desierto. Se sentó sobre sus talones y la miró a los ojos–. Sé que no cambiarás, que no puedes cambiar, que no quieres ser nadie más que tú –tragó saliva visiblemente–. Y por eso te quiero aún más –lo dijo con una voz tan grave y profunda, agachado en el polvoriento camino, que Celia sintió cómo se le encogía el estómago–. Te quiero, Celia Davidson. Te quiero por lo que eres, por tu forma de ser, por la pasión que le pones a tu trabajo y a tu vida... –con expresión muy seria, agarró una de sus manos y la besó–. Y por la arena que se te mete bajo las uñas.

Una ola de intenso calor volvió a recorrerla.

—Cuando me rechazaste y te marchaste de mi despacho, me sentí como si me hubieran arrancado el corazón —cerró los ojos por un instante—. Intenté convencerme de que podía vivir sin corazón, como había hecho hasta ahora, pero sabía que era imposible.

Se puso en pie, sin soltarle las manos y sin apartar la vista de la suya.

—Tú me has enseñado que tengo un corazón y que no puedo seguir interpretando un papel ficticio y memorizado, pero en el que no creo —dejó escapar un largo suspiro—. He intentado vivir para honrar y respetar a mi familia... —sacudió la cabeza y se rió—, pero mi verdadera familia eres tú. Tú y Kira. Vosotras sois las personas a las que debo honrar, proteger y amar por encima de todo.

A Celia le costaba respirar, pero logró pronunciar las palabras que tanto significaban para ella.

—Somos una familia...

—Siempre estuvimos destinados a estar juntos. Por eso nos enamoramos y fuimos tan felices juntos, pero yo era demasiado joven y estúpido para darme cuenta del error que estaba cometiendo al alejarme de tu lado —le apretó con fuerza las manos—. Tú eres mi esposa. Siempre lo has sido y siempre lo serás, te guste o no.

Un brillo de picardía y convicción apareció en sus ojos. Celia se mordió el labio.

—Te eché a perder para cualquier otra mujer...

—Así es. Y no habría podido ser de otra manera. Somos marido y mujer y no necesitamos ningún contrato, ceremonia o anillo para demostrarlo.

Ella lo miró con ojos muy abiertos.

—Pero entonces... ¿no quieres casarte conmigo?

–Ya estoy casado contigo. No necesito un pedazo de papel para hacerlo real.

Celia observó atentamente su rostro aristocrático. Sus rasgos parecían más suaves y radiantes, como si brillaran de esperanza. Pero tal vez se estaban dejando llevar por el entusiasmo.

–Nuestra situación es muy complicada... –objetó ella–. No podemos vivir juntos.

–Pues claro que podemos –volvió a besarla en los dedos–. Podemos vivir aquí, en Nueva York, en Muscat, en Bahrein... en cualquier sitio adonde te lleve tu trabajo. Seremos nómadas, como mis antepasados beduinos –los ojos le brillaron de ilusión–. Podemos ser muy felices.

–Pero, ¿y Kira? ¿Qué pasaría con la escuela?

–La vida es la única escuela del beduino –repuso él con una sonrisa–. Y contrataremos un tutor. Yo tuve uno y aun así fui a la misma universidad que tú.

–En esto tienes razón –admitió ella, devolviéndole la sonrisa. Intentó buscar más objeciones, pero la brisa cálida y fragante del oasis parecía haberse llevado sus pensamientos razonables y sensatos.

–De modo que aquí tendríamos nuestra casa, pero... ¿podríamos viajar a, por ejemplo, Nueva Zelanda si me ofrecen un trabajo allí?

Miró a Salim, incapaz de creer que aquello fuera posible. Le parecía sencillamente perfecto. Con Salim y un tutor podría llevarse a Kira a todas partes.

–Por supuesto. Vayamos adonde vayamos siempre estaremos en casa, porque nos tendremos el uno al otro.

Celia se quedó boquiabierta, sintiendo cómo la promesa de un futuro maravilloso le henchía el corazón.

—¡Mamá! —la voz aguda y chillona de su hija la hizo girarse bruscamente. Kira estaba en la puerta del pabellón donde la había dejado. Tenía los ojos llenos de lágrimas y la boca torcida en una expresión de angustia.

Celia se soltó de Salim y corrió hacia ella.

—¿Qué ocurre, cariño?

—Vamos a irnos, ¿verdad? Por eso has guardado mis juguetes... —una lágrima le resbalaba por el moflete.

—Bueno, la verdad es que... —no sabía qué decir. Su cabeza aún no había asimilado el cambio.

—¡No quiero irme! —declaró Kira—. Echaría mucho de menos a mi papá.

—Yo también te echaría mucho de menos, princesa —dijo él, acercándose a ellas.

—Entonces, ¿no nos vamos? —preguntó Kira, súbitamente esperanzada.

—No —le dijo Celia con firmeza—. Si nos vamos, nos iremos los tres juntos.

—¿Y papá podrá venir con nosotras a América?

—Pues claro. Conoce muy bien América.

—Mis dos personas favoritas son de allí —dijo Salim, apartándole una lágrima con el dedo—. Y también iremos a otros países. Cada vez que tu madre tenga que viajar por un trabajo, nosotros la acompañaremos. Y también nos ocuparemos juntos de mis hoteles. Creo que me serás de gran ayuda.

—¡Sí! —las lágrimas habían dejado paso a una radiante sonrisa—. Te ayudaré a hacerte rico. Soy muy buena con los negocios.

Salim se echó a reír, y Celia abrazó con fuerza a Kira.

–Tiene razón. Ten cuidado o se pondrá a cobrarles a los clientes por tomar el sol.

–No es mala idea...

–Y tenéis que casaros para que yo pueda llevar un vestido de flores. Mi amiga Rachel llevó uno con flores azules –frunció el ceño–. Pero yo quiero flores rosas.

Celia miró a Salim y vio que sus ojos brillaban de alegría.

–¿Qué te parece? –preguntó él–. ¿Llevará Kira las flores en la boda?

Celia se mordió el labio, intentando contener las lágrimas de felicidad.

–Sí... me gustaría mucho.

Epílogo

—¡Ya están aquí los chicos! —exclamó Sara, asomando la cabeza por la cortina.

—¿Cómo? —preguntó Celia—. Creía que hoy no se permitía la presencia de los hombres.

Se miró los dibujos que le cubrían los brazos y las manos, con cuidado de no mancharse el vestido de seda. No podía moverse hasta que la alheña se secara. Le resultaba curioso estar entre almohadones mientras todo el mundo se congregaba tras la cortina para verla.

Todo mujeres, naturalmente. Aquel día se celebraba la fiesta para las mujeres, y cientos de ellas se habían reunido con sus mejores galas en las calles empedradas de la ciudad perdida.

—Nos estamos saltando algunas tradiciones inútiles, ¿recuerdas? ¿Qué tendría la fiesta de divertido si no puedes compartirla con tu futuro marido?

—Tienes razón —admitió Celia, riendo—. Pero espero que sepa que no puede tocarme.

—Lo ahuyentaré con un palo, si es necesario... Cuidado, aquí vienen.

Salim y Elan entraron en la estancia privada, y Salim le dio un beso en los labios sin preocuparse por los elaborados dibujos del tinte. La emoción, la pasión y la euforia invadieron a Celia porque la boda estuviera por fin en marcha, después de tantas semanas de preparativos. Pero hizo un esfuerzo para apartarse de Salim y lo alejó con la mano.

–Farah se ha pasado tres horas con mis brazos. ¡Ten cuidado con la alheña!

–Ya casi se ha secado –se inclinó hacia ella para susurrarle al oído–. Y cuando se seque, voy a trazar hasta la última línea con mi lengua.

–Salim... –miró por encima de su hombro–. No estamos solos.

–Muy pronto estaremos solos –murmuró, con los ojos ardiéndole de deseo contenido.

–No estoy tan segura –dijo ella, mientras Sara entraba con los niños–. Han venido miles de personas.

–Y con razón. Es la boda del siglo –sonrió con orgullo, pero tuvo la decencia de retirarse y quedarse junto a Elan. Los dos iban ataviados con las *dishdashas* blancas y la daga curva a la cintura.

–¡Elan no lleva vaqueros! –exclamó Celia.

–Me estoy reconciliando con mi historia –dijo él, sonriendo. Ben tiraba de su túnica y Elan se agachó para subirlo en brazos–. Lo próximo será montar un camello.

–¿Podemos, papá? ¡Por favor! –suplicó Kira, entrando en la tienda como una exhalación con su reluciente vestido de lentejuelas.

–Pues claro –respondió Salim, levantándola en sus brazos–. Lo que mi princesa desee.

–¿De dónde has sacado esos camellos, Salim? –le preguntó Sara.

–Faisal los ha traído de su aldea. Han tardado cinco días en llegar hasta aquí.

–La ciudad perdida vuelve a recibir caravanas de camellos –dijo Celia.

–Hablando de la ciudad perdida... –dijo Salim–. Ahora que ha vuelto a la vida necesita un nombre.

–Pero los arqueólogos no han logrado averiguar su nombre original –se quejó Celia con un suspiro–. La siguen llamando «la ciudad de los ubaritas», que es más una descripción que un nombre.

–Supongo que el nombre habrá variado con el tiempo, dependiendo de quién la habitara y controlara –comentó Elan–. Cada pueblo la llamaría de una manera, según lo que para ellos fuera más valioso.

–Y yo tengo intención de hacer lo mismo –afirmó Salim–. La llamaremos Saliyah.

–¡Celia! –exclamó Sara–. Me encanta.

Celia ahogó un gemido de sorpresa y sintió cómo se ponía colorada.

–¡No puedes ponerle mi nombre! Ni siquiera soy de aquí.

–Nadie es de aquí –replicó Salim–. La ciudad estaba abandonada y en ruinas. Tú has ayudado a devolverla a la vida y ahora la disfrutaremos juntos –la miró fijamente, retándola a que lo contradijera.

–Es una locura... –dijo Celia, abanicándose el acalorado rostro, sin importarle la alheña.

–Es perfecto –sentenció Elan–. Árabe y occidental a la vez. Como nuestra familia.

–Esta ciudad es una ilusión hecha realidad, como lo será el resto de nuestras vidas –Salim besó a Kira en la mejilla, haciéndola reír–. Y a Kira le gusta el nombre.

–Bueno, si a Kira le gusta... ¿quién soy yo para discutir? –dijo Celia, sonriendo como una tonta.

La emoción y la felicidad la embargaban, y eso que la boda no era hasta el día siguiente.

Para Salim, la boda fue el evento más espectacular al que asistió en su vida. Más de mil personas acudieron a los festejos, muchas de ellas de Estados Unidos, incluidos los amigos y parientes de Celia, Quasar, el hermano menor de Salim y Elan, y todos los hermanos y hermanas de Sara con sus respectivos hijos. Todo el mundo estuvo bailando, cantando y compartiendo una enorme tarta adornada con azucenas y orquídeas hasta que las estrellas aparecieron sobre Saliyah.

El jolgorio seguía llenando la noche cuando Celia y Salim se escabulleron de la mano por un sendero de piedra iluminado hacia la bonita suite nupcial.

–Al fin solos –dijo ella cuando cerraron la puerta–. Son más de las tres de la mañana. ¿Es qué los invitados no piensan marcharse nunca?

–¿Por qué iban a hacerlo? Están disfrutando como nunca... igual que yo –Salim se sentía rebosante de orgullo y felicidad–. Especialmente ahora que te tengo para mí solo.

Celia se quitó el chal de seda esmeralda que le cubría los hombros.

–¿Por qué hemos tenido que vestir los dos de verde? –se estiró y el fino vestido dorado se ciñó a sus deliciosas curvas.

–Es una tradición –dijo él con un gruñido de placer–. Para la fertilidad.

Celia arqueó una ceja y caminó hacia él con un sensual contoneo de caderas.

–No creo que tú y yo tengamos problemas con la fertilidad.

—Ningún problema en absoluto —corroboró él, deslizando las manos alrededor de su cintura—. Kira se merece tener hermanos, ¿no te parece?

—Desde luego. Y esta vez... —le recorrió el pecho con las manos y los músculos de Salim se contrajeron bajo la *dishdasha*—, podrás disfrutar de mi embarazo desde el primer instante.

Sus labios se encontraron y en pocos segundos estuvieron desnudos en la cama, con toda la ropa y adornos desperdigados por el suelo. Salim no perdió un segundo en penetrarla, y los gemidos de placer se fundieron con la música, los ruidos y las risas que procedían de la fiesta.

—Me pregunto cuánto tiempo habrá pasado desde que alguien hizo el amor aquí —dijo ella cuando los dos quedaron sudorosos y jadeantes entre las sábanas.

Salim no podía apartar los ojos de ella. Su pelo rubio se desparramaba sobre la almohada bordada, y su piel relucía a la luz de la lámpara.

—Mil años. Tal vez más.

—Entonces será mejor que nos pongamos al día... Tenemos que compensar todo ese tiempo perdido.

Salim la estrechó entre sus brazos y le rozó la oreja con los labios.

—No hay mejor tiempo que el presente.

Deseo

Embarazada de un magnate

SANDRA HYATT

Chastity Stevens estaba embarazada de un Masters, pero no del que ella creía. Aunque la habían inseminado para que concibiera un hijo de su marido, la muestra usada pertenecía a su cuñado.

Al millonario Gabe Masters nunca le había interesado la mujer de su hermano, o eso era lo que siempre había querido creer. Cuando Chastity le anunció que estaba embarazada de su difunto marido, Gabe supo de inmediato que el bebé era suyo y que haría lo que fuera para ser reconocido como su padre.

¡Embarazada del hermano equivocado!

¡YA EN TU PUNTO DE VENTA!

Acepte 2 de nuestras mejores novelas de amor GRATIS

¡Y reciba un regalo sorpresa!

Oferta especial de tiempo limitado

Rellene el cupón y envíelo a
Harlequin Reader Service®
3010 Walden Ave.
P.O. Box 1867
Buffalo, N.Y. 14240-1867

¡Sí! Por favor, envíenme 2 novelas de amor de Harlequin (1 Bianca® y 1 Deseo®) gratis, más el regalo sorpresa. Luego remítanme 4 novelas nuevas todos los meses, las cuales recibiré mucho antes de que aparezcan en librerías, y factúrenme al bajo precio de $3,24 cada una, más $0,25 por envío e impuesto de ventas, si corresponde*. Este es el precio total, y es un ahorro de casi el 20% sobre el precio de portada. !Una oferta excelente! Entiendo que el hecho de aceptar estos libros y el regalo no me obliga en forma alguna a la compra de libros adicionales. Y también que puedo devolver cualquier envío y cancelar en cualquier momento. Aún si decido no comprar ningún otro libro de Harlequin, los 2 libros gratis y el regalo sorpresa son míos para siempre.

416 LBN DU7N

Nombre y apellido	(Por favor, letra de molde)	
Dirección	Apartamento No.	
Ciudad	Estado	Zona postal

Esta oferta se limita a un pedido por hogar y no está disponible para los subscriptores actuales de Deseo® y Bianca®.
*Los términos y precios quedan sujetos a cambios sin aviso previo.
Impuestos de ventas aplican en N.Y.

SPN-03 ©2003 Harlequin Enterprises Limited

Bianca

Ella es tan pura e intachable como los diamantes que él utiliza para cautivarla...

Cuando la tutela conjunta de la pequeña Molly se ve amenazada, el italiano Mario Marcolini llega a la conclusión de que, para protegerla, sólo hay una opción posible: Sabrina, la niñera de la pequeña, deberá ceder a sus pretensiones matrimoniales.

Sabrina, que recela del peligrosamente atractivo Mario, aceptará su propuesta por el bien de la niña.

Mario está convencido de que su futura esposa no es más que una astuta cazafortunas, pero pronto descubrirá la verdad.

Novia inocente

Melanie Milburne

¡YA EN TU PUNTO DE VENTA!

Deseo™

Los secretos de la novia

LEANNE BANKS

Una cosa era el éxito, y otra muy diferente, ser aceptado de verdad. Durante toda su vida, Leonardo Grant había deseado ser más de lo que sus duros orígenes le habían permitido. Después de hacerse millonario, pensó que la solución estaba en casarse con la mujer adecuada para ganarse el respeto que el dinero no podía darle. Cuando vio a Calista French, supo que ella era su complemento ideal, pero su encuentro había sido preparado meticulosamente… y no por él. ¿Qué tenía planeado aquella mujer tan "perfecta"?

Lo que necesita un millonario

¡YA EN TU PUNTO DE VENTA!